Respawn

리스폰 2

초판 1쇄 인쇄일 2015년 4월 27일 **| 초판 1쇄 발행일** 2015년 4월 29일

지은이 베어문도넛 **| 펴낸이** 곽중열 **| 담당편집 팀장** 이범수
편집부 신연제 이윤아 김호성 김은경

펴낸곳 (주)조은세상 **|** 출판등록 제 2002-23호
주소 경기도 연천군 미산면 청정로 1355
TEL 편집부 02)587-2966 **|** FAX 02)587-2922
e-mail bukdu@comics21c.co.kr

ⓒ베어문도넛 2015
ISBN 979-11-5832-063-8 **|** ISBN 979-11-5832-061-4(set) **|** 값 8,000원

※잘못 만들어진 책은 바꿔 드립니다.
※저자와의 협의에 의해 인지는 생략합니다.

Respawn
리스폰

NEO FUSION FANTASY STORY & ADVENTURE

베어문도넛 퓨전 판타지 장편소설

(주)조은세상

Respawn

NEO FUSION FANTASY STORY & ADVENTURE

Respawn

NEO FUSION FANTASY STORY & ADVENTURE

9장.
첫 임무

9장.
첫 임무

리스폰

익시더 한 명이 서둘러 배럴통을 들고 달려와 카스탄의 피를 담았다.

바닥에 흘린 피는 천 따위로 흡수한 뒤 쭉 짜내 한 방울도 놓치지 않았다. 카스탄의 피는 그만큼 귀하고 값진 물건이었다.

시우도 그제야 여유를 가지고 온 몸에 튄 카스탄의 피를 닦아냈다.

용병이 대충 카스탄의 피를 담아내자 짐꾼들이 나서 카스탄의 발을 묶고 나무에 거꾸로 매달아 피를 뽑기 시작했다. 한 동안 저렇게 매달아 더 이상 피가 나오지 않으면 가죽을 벗겨낼 예정이었다.

카스탄의 피만은 못했지만 그 가죽도 제법 비싼 물건이었다.

짝짝짝!

피를 닦아낸 시우가 짐꾼들의 일을 구경하고 있으니 익시더 중 한 명이 갑자기 박수를 쳤다. 시우가 돌아보니 용병들의 시선이 시우에게 모여 있었다.

"검을 차고 계신 것이 특이하다곤 생각했지만, 마법사분이 대단한 실력을 지니셨군요! 제 이름은 케넨. 벌써 제페스를 떠나온 지 열흘이 되도록 통성명을 못했군요."

시우는 케넨이라는 이름의 익시더가 야단을 떨자 눈살을 찌푸렸다.

시우는 케넨의 이름을 이미 알고 있었다. 사실 그들이 시우의 이름을 모를 뿐이지 시우는 일행의 이름을 대부분 알고 있었다.

케넨은 익시더였다.

이 무리에 모인 카스탄 사냥꾼 중 익시더는 대부분이 5에서 10포인트의 원력을 지니고 있었는데 케넨은 그중에서도 상위에 속하는 익시더였다. 그러나 그런 케넨도 세리카의 실력에는 못 미쳤다. 놀랍게도 세리카는 50포인트의 원력을 지니고 있었다.

그것을 다른 용병들도 잘 아는 탓인지 용병들은 세리카의 눈치를 보기 바빴다. 시우가 아직까지 다른 용병들과 통성명을 하지 못한 것도 그 탓이었다.

이유는 알 수 없지만 세리카는 마법사를 굉장히 혐오했다. 그 탓에 고급 인력이라 할 수 있는 마법사들이 이 무리에선 백안시를 당하고 있었다.

그리고 케넨도 세리카의 눈치를 보느라 마법사들을 무시해온 일행 중 한 명이었다.

"체슈입니다."

시우가 뚱한 목소리로 대답하자 케넨은 잠시 주춤했다.

시우는 케넨에게 관심이 없었다. 지금은 오히려 피를 뽑고 가죽을 벗겨내는 짐꾼들의 작업에 더 관심이 많았다.

그러나 케넨은 시우의 무관심에도 굴하지 않았다.

"그건 그렇고 제 눈이 틀리지 않다면 체슈 씨의 그 검이 세실강인 것 같던데 맞습니까?"

케넨이 아는 척을 하자 시우는 그제야 케넨과 눈을 마주쳤다.

"세실강을 아십니까?"

"그야 검을 손에 쥐고 힘을 숭상하는 자라면 세실강을 모를 수가 없지요. 현존하는 최고의 금속이자 금속들의 왕인 세실강은 검사들의 꿈이니까요."

케넨의 입바른 말에 시우의 마음이 풀렸다.

자고로 검사들은 자신의 애병을 칭찬하는 말에 약한 법이었다.

시우는 세실강 한손검이 꽂힌 칼집을 쓰다듬었다. 그러자 검이 웅웅 하고 울었다.

"체슈 씨께서 허락하신다면 구경을 해보고 싶습니다. 제게 세실강을 구경할 영광을 허락해주시지 않겠습니까?"

케넨은 과장된 어투로 그렇게 말했다. 웬만하면 거절을 하겠는데 저렇게 말하니 거절을 하기가 어려웠다. 어쩌면 의도적인 과장이라는 생각도 들었지만 딱히 구경정도야 상관이 없겠다는 생각이 들었다.

시우는 검을 뽑아들었다.

세실강 한손검은 매우 밋밋한 검이었다. 카스탄의 목을 날릴 때 보였던 세실강 특유의 발광 현상은 사라지고 없었다.

"아까는 빛이 나던데 그건 어떻게 하는 거죠?"

케넨의 질문에 시우는 세실강 한손검을 휘둘렀다. 그러자 허공을 가르는 검에서 포스칸의 문신을 닮은 문양이 떠오르며 푸르게 빛이 났다.

감탄하는 케넨의 모습에 시우는 왼쪽 눈을 가리고 세실강 한손검을 타겟팅했다.

세실강 한손검
공격력 2,147

내구력 (369/369)

특수 효과- 성장하는 금속. 세실강은 주변의 마력을 흡수하며 변형한다. 주인이 검을 휘두르면 주변의 마력을 흡수하며 그 실력에 어울리는 검으로 성장한다. 내구력이 감소할 경우 자가 회복 가능. 이는 검의 심에 자리한 원력이 상하지 않으면 지속되는 반영구적 효과이다.

특수 효과- 절대적인 항마력. 마력을 흡수하는 특징 때문에 마력에 의한 피해에 강하다.

특수 효과- 발광. 마력을 흡수하는 과정에서 빛이 난다.

설명- 포스칸의 선조 세실이 남긴 제일의 합금 세실강으로 만든 한손검. 테트라의 제일 대장장이 체실이 직접 단련해 그의 딸 리네의 원력을 담은 검이다. 리네 일가의 손님인 체슈의 작별선물.

"그 검에 이름은 있습니까?"

연신 감탄하던 케넨의 질문에 시우는 얼굴에서 손을 떼었다.

"이름이요?"

"보통 세실강으로 만든 검은 거기에 원력을 불어넣은 포스칸의 이름을 붙인다고 들어본 적이 있어서요."

시우는 처음 듣는 소리였다.

"그럼 이 검의 이름은 리네가 되겠군요."

시우가 대답하자 갑자기 시우의 눈앞으로 반투명한 시스템창이 떠올랐다.

띠링!

[세실강 한손검의 이름이 리네로 변경되었습니다.]

시우는 쓰게 웃었다. 그냥 해본 소리였는데 정말 이름이 바뀌어 버렸다.

하지만 시우가 그러든지 말든지 케넨은 샘나는 표정을 짓고 있었다.

"좋은 이름이군요. 참 부럽습니다."

비단 케넨만 그런 것은 아니었다. 세리카의 눈치를 보느라 대화에 끼지 못하는 익시더들도 부럽다는 표정으로 시우를 쳐다보고 있었다.

심지어는 세리카도 시우의 검을 구경하다 시우와 눈이 마주치고는 고개를 돌렸다. 그래놓고는 힐끗 시선만 돌려 쳐다보는 것이 그녀도 시우의 검에 관심이 많은 모양이었다.

"괜찮으면 세리카 씨도 오셔서 구경하시지요."

시우의 돌발 발언에 케넨이 화들짝 놀라 뒷걸음질을 쳤다. 시우의 검에는 흥미가 있었지만 세리카의 시비에 휘말리고 싶은 생각은 없었다.

세리카는 시우와 눈을 마주치며 눈살을 찌푸렸다.

"무슨 속셈이지?"

"꼭 속셈이 있어야 합니까? 다들 제 검을 좋게 보아주시니 기분이 좋아서 그러지요."

시우의 너스레에 세리카는 시우를 노려보았다.

아우라가 일어난 것도 아닌데 엄청난 기세가 시우를 덮쳐왔다.

일촉즉발의 상황이었다. 그러나 다들 긴장하는 모습에 반해 시우는 너무나도 태평한 모습이었다.

"미친 놈!"

세리카는 한참을 노려보다 그렇게 소리치고 숲으로 사라졌다.

시우와 세리카를 지켜보던 용병들이 일시에 안도의 한숨을 내쉬었다.

"도대체 어쩌자고 그러셨어요?"

마법사 동료인 레쉬가 가슴을 쓸어내리며 다가왔다.

"계속 눈치만 보는 것도 답답해서요."

시우의 대답에 레쉬는 고개를 절레절레 저었다.

"참 간도 크십니다. 기분을 이해 못하는 것은 아니지만 조심하셔야죠. 어차피 계속 볼 사이도 아니고 20일만 눈 딱 감고 참으세요."

시우는 고개를 끄덕였다.

그의 제안이 마음에 들지는 않지만 시우는 레쉬에게 약했다. 레쉬는 지난 열흘간 시우에게 끊임없이 말을 걸어주고 많은 것을 알려주었다. 다른 한 명의 마법사는 굉장히 과묵하기 때문에 지난 열흘 시우의 대화 상대는 레쉬 뿐이었다.

"그건 그렇고 요즘은 전보다 더해 자주 사라지시던데 도대체 어디에 가서 뭘 하시는 거예요?"

"검술 연마를 조금."

"꼭 숨어서 할 필요가 있어요?"

"검술 스승의 조언이라서요."

"하긴 검술이 뛰어나시긴 하더군요."

레쉬는 짐꾼들의 손에 가죽이 벗겨지는 카스탄을 힐끗 보았다.

"하지만 앞으로 그런 행동은 삼가도록 하세요. 그러다 죽으면 체슈 씨만 손해 보는 거니까요."

"예예."

"그리고 지금은 단체 행동 중이니까 자꾸 사라지는 것도 그만하시고요. 검술 훈련도 중요하다지만 자꾸 그런 행동을 반복해서 눈 밖에 나면 체슈 씨만 힘들어져요."

"예."

레쉬의 잔소리는 그 뒤로도 한참을 계속 되었다. 그러나 그것도 전부 시우 자신을 위한 것이라고 생각하니 나쁘지는 않았다.

일행이 다시 출발하기 시작한 것은 짐꾼들이 카스탄의

가죽을 짐마차에 싣고 세리카가 돌아온 뒤의 일이었다.

일정대로라면 카스탄을 하루에 두 마리는 사냥해야 했다.

느긋한 일정이지만 여유롭지는 않았다.

카스탄의 영역이라도 쟈탄을 비롯한 다른 몬스터가 나타나지 않는 것은 아니었기 때문이었다. 그러나 카스탄이 나오는 것이 아니라면 이 일행에 피해를 입힐 몬스터는 존재하지 않았다.

한 번은 쟈탄 십수 마리가 무리지어 나타나자 세리카가 홀로 쟈탄 떼를 학살했다.

그녀의 아우라는 그녀의 머리칼을 닮은 은빛이었다. 허공을 수놓 듯 흩날리는 피보라 속에서 몰아치는 은빛 아우라는 아름답다는 말만으로 형용하기 어려운 광경이었다.

시우는 그때가지만 하더라도 원력의 필요성을 느끼지 못했다.

근력이나 순발력을 비롯한 능력치들은 레벨을 올리면 언젠가는 강해질 수 있으니까. 그러나 세리카가 보여준 원력은 단순한 힘의 원리를 벗어난 무엇인가였다.

시우는 처음으로 원력을 각성하고 싶다고 생각했다.

방법은 알 수 없었다. 그러나 상태창에 표기되는 능력치였다. 언젠가는 각성할 수 있으리라는 희망을 품었다.

카스탄 사냥꾼들이 카스탄과 조우한 것은 늦은 저녁의 일이었다.

이번 녀석은 가슴에 젖이 달린 암컷이었는데 쟈탄들을 수하로 두고 있었다. 그러나 용병들은 기죽지 않았다. 오히려 암컷을 발견했다는 기쁨으로 흥분을 감추지 못하고 있었다.

"암컷은 사냥하기가 더 편한가 봐요?"

시우가 영문을 알 수 없다는 듯 묻자 레쉬가 대답했다.

"아니요. 오히려 성질은 암컷이 더 사나워요. 특히 암컷들은 방심을 안 하니까 더 성가시고요."

시우는 고개를 갸웃거렸다. 그럼 도대체 용병들은 왜 저렇게 좋아한단 말인가?

"새끼 때문이죠."

"예?"

"다 큰 카스탄 암컷은 보통 둘에서 셋 정도의 새끼를 데리고 살아요. 다 자라 임신할 준비만 되면 가까운 수컷을 붙잡고 짝짓기를 하기 때문이죠. 늙은 놈이면 새끼가 없는 경우도 있는데 저 놈은 아직 젊은 놈인 것 같네요."

시우는 레쉬의 설명에 카스탄을 다시 보았다. 그 너머의 동굴에 시선을 옮기니 2미터 크기의 카스탄이 세 마리쯤 보였다.

카스탄의 새끼였다.

시우는 괜히 기분이 묘해졌지만 떨쳐냈다. 지금은 사냥에 집중해야 할 시기였다.

익시더들은 단숨에 달려들어 쟈탄들을 학살했다.

암컷 카스탄은 멀찍이 떨어져서 바위와 나무를 던졌는데 몸놀림이 빠른 익시더에겐 아무런 효과가 없었다. 간혹 짐마차까지 굴러오는 바위가 있었지만 마법사들에 의해 막힐 수밖에 없었다.

시우는 동작이라도 멈추고자 드래곤 페더 보우를 꺼내 화살을 쏘았다.

쒜에엑!

그러나 화살은 카스탄의 팔에 막혀 힘을 잃었다. 팔 하나를 관통하며 못 쓰게 만들었지만 애초에 노렸던 머리에는 아무런 피해도 줄 수가 없었다.

과연 레쉬의 말처럼 사냥하기는 암컷이 더 까다로웠다.

시우는 그냥 뛰어 들어가서 검으로 목을 벨까 고민했다.

분명 그렇게 단독행동을 하면 레쉬의 잔소리가 늘어날 것이 뻔했지만 카스탄의 경험치를 감안하면 감당할 만한 리스크였다.

그러나 시우가 고민하는 사이 어미 카스탄은 이미 동체에서 머리가 떨어져 나가고 있었다.

세리카였다.

그녀는 쟈탄과 다투는 나머지 익시더들을 뒤에서 지켜보더니 은빛으로 빛나며 쟈탄 무리를 물리치고 달려 나가 카스탄의 목을 베어버린 것이었다.

어미 카스탄의 목이 떨어지자 쟈탄들이 비명을 외치며 흩어졌다.

익시더들은 하나라도 많은 쟈탄을 잡기 위해 흩어졌다.

카스탄의 피보다는 못하다지만 쟈탄의 피도 결코 쉬이 여길 수 없는 비싼 물건이었다.

시우는 고개를 끄덕이며 흡족해하는 의뢰주 데브에게 다가갔다.

"자식들의 목은 제가 베어도 괜찮을까요?"

"네? 뭐, 상관없습니다만······."

데브는 왜 그런 귀찮은 일을 자처하냐는 표정을 지었지만 시우는 허락만 받으면 되었다.

시우는 아직 살아서 꿈틀거리는 쟈탄들의 숨통을 끊으면서 동굴로 다가갔다.

카스탄의 새끼들은 무력했다. 어미가 죽은 것이 충격이었는지 다가오는 시우에게 반항도 하지 못했다.

동굴 벽에 기대 앉아 바들바들 떠는 모습을 보니 다시 한 번 이상한 기분이 들었다.

몬스터를 죽이며 이런 기분이 든 것은 처음이었다.

'···몬스터가 불쌍하다고? 왜? 어미를 잃었으니까?'

잠깐 주저했지만 시우는 검을 뽑아들었다.

어차피 몬스터는 죽이기 위해 있는 존재였다.

단숨에 목을 베었다.

띠링!

[레벨이 1 상승하셨습니다.]

[레벨업 효과로 생명력과 마력, 원력이 회복됩니다.]

[스탯 포인트가 2개 자동분배 됩니다. 남은 스탯 포인트가 3개 상승합니다.]

[모든 상태이상 효과가 회복됩니다.]

그것을 지켜보던 세리카가 말했다.

"굳이 자처할 필요가 있었나?"

후회하는 시우의 가슴을 깊게 찌르는 의문이었다. 그러나 시우는 못 들은 척했다. 앞으로도 이런 상황이 오면 자처해서 자식들을 처리할 생각이었다.

괜한 변명을 해서 이런 기회를 놓칠 생각은 없었다.

짐꾼들이 배럴통을 굴려오자 시우는 짐꾼들을 도와 피를 뽑았다.

짐꾼들이 카스탄의 발을 묶어 나뭇가지 너머로 줄을 넘기자 마법을 이용해 몸을 들어주었다. 덕분에 줄을 당긴다고 실랑이 하는 시간이 줄어 바닥에 흘리는 피의 양도 줄어들었다.

시우는 마찬가지로 쟈탄들의 처리도 도왔다.

마무리 짓고 확인해보니 카스탄의 피가 90리터, 쟈탄의 피가 한 배럴이나 되었다.

즉 오늘 하루의 수익만 1,100파운드나 된다는 의미였다.

야숙지는 카스탄의 동굴 앞에 마련하기로 결정되었다.

카스탄의 동굴에서 누린내가 심하게 났지만 그 누린내 덕으로 밤중에 몬스터의 습격을 받을 걱정은 하지 않아도 되었다.

용병들은 훌륭한 첫 성과에 만족하며 술판을 벌였다.

시우는 웃고 떠들며 술잔을 기울이는 용병들을 지켜보았다.

시우도 술은 좋아했지만 왜인지 지금은 술을 마실 기분이 아니었다.

짐꾼들이 굽기 시작한 노루 고기를 한 조각 가져와 뜯다 보니 문득 불쾌한 기분이 들었다.

로브를 입고 있어 덜했지만 옷 안으로 흘러들어간 카스탄의 피 때문에 전신이 끈적끈적했다.

시우는 잠깐 고민하다가 세계수의 가지를 꺼내 들어 숲으로 들어갔다. 모닥불에서 멀어질수록 사위는 어두워져 갔다.

시우는 마법으로 빛을 밝혔다.

그렇게 좀 더 걸어 모닥불이 희미해질 때까지 걸음을

옮겼다.

대충 거리가 멀어졌다고 생각해 옷을 벗으려니 어디선가 콧노래가 들려왔다.

"흐흥~"

찰방찰방.

근처에 연못이 있었는지 물을 튀기는 소리도 들려왔다.

시우는 콧노래를 흥얼거리는 여자의 목소리에 기묘한 표정을 지었다.

이 무리에 여자는 오로지 세리카 뿐이었으니 콧노래의 주인이 세리카임은 기정사실이었다. 그런데 시우는 세리카가 콧노래를 흥얼거리는 모습이 상상이 가지 않았다.

시우는 홀린 듯 빛을 끄고 수풀을 헤치며 걸음을 옮겼다. 거기서 보인 것은 신발과 정강이받이를 고이 벗어놓고 물장난을 치는 세리카의 모습이었다.

망토가 젖지 않게 고이 잡아들고 맨발로 연못에 들어가 물을 튀기고 있었다.

콧노래를 흥얼거리며 춤이라도 추는 듯이.

붉은 달 베헬라와 푸른 달 세일라의 빛이 서로 섞여 보랏빛으로 빛나는 연못에서 춤을 추는 세리카는 시우가 알던 세리카와 다른 인물이었다.

감정을 배제한 차가운 익시더는 거기에 없었다. 그저 한 명의 어린 소녀만이 해맑게 웃고 있을 뿐이었다.

부스럭.

시우가 좀 더 다가가려다가 수풀을 건드리자 세일라가 경계했다. 시우는 더 이상 숨어 있을 수는 없어서 수풀을 가르고 모습을 드러냈다.

"너, 마법사……!"

세리카의 얼굴이 수치로 붉게 물들었다.

"너, 너 설마 본 것은 아니겠지?"

세리카는 조금 당황한 듯 보였다.

여유가 없는 세리카는 평소에는 볼 수 없는 진풍경이었다.

그러나 여기서 더 놀렸다간 목이 떨어질 지도 몰랐다.

세리카는 물장난을 치면서도 검을 차고 있었다.

"무엇을요?"

시우가 시치미를 떼자 세리카는 못미더운 표정을 지으면서도 조금은 안심한 모습이었다.

세리카의 눈빛이 날카로워졌다.

"네놈이 여긴 무슨 일이지?"

"피를 좀 닦아내려고요. 세리카 씨도 그래서 오신 것 아니신가요?"

시우는 세리카가 피가 묻지 않게 싸운다는 걸 알면서 굳이 그렇게 되물었다.

시우의 질문에 세리카는 다시 당황했다.

"그, 그래. 그렇지."

시선을 피하며 말을 더듬는 모습이 어떻게 보아도 수상했다.

그녀의 서툰 거짓말이 귀엽게 보였다. 그런 그녀의 모습에 시우는 자신도 모르게 장난을 치고 말았다.

"흐흥~ 흐흐흥!"

"너, 너, 그건!"

세리카가 부르던 콧노래의 멜로디가 시우의 입에서 흘러나왔다.

세리카의 얼굴이 더없이 붉어져 베헬라의 붉은 달빛으로도 더 이상 숨길 수 없는 수준이 되었다.

세리카의 손이 허리춤의 검으로 가 닿았다. 금방이라도 칼을 뽑아들 것처럼 거칠어진 그녀의 기세에 시우는 콧노래를 그만두었다.

그 대신이라도 되듯 시우는 질문을 던졌다.

"도대체 과거의 당신에게 무슨 일이 있었죠?"

시우의 돌발적인 질문에 세리카는 검을 뽑을 생각도 잊은 듯했다.

"그게 무슨 의미지?"

"어째서 마법사를 그렇게 싫어하는 거냐고요."

"네가 알아서 무엇하게."

"콧노래를 부르며 춤을 춘 것이 그렇게 부끄러우면 대

답해 주세요. 질문에 대답만 해주신다면 지금의 기억은 잊도록 할 테니까요."

"그, 그건 춤 같은 것이 아니라……!"

세리카는 더 이상 말을 잇지 못했다. 수치도 이런 수치가 없었다.

그러나 세리카의 얼굴은 점차로 차가워졌다. 감정을 작은 상자에 넣어 숨기듯이 붉은 빛이 감돌던 그녀의 얼굴빛이 무기질적으로 바뀌었다.

그런 그녀의 얼굴에 남은 것은 오랜 과거의 회상에서 떠오른 스스로를 향한 연민과 깊은 증오뿐이었다.

세리카는 걸음을 옮겨 연못에서 걸어 나왔다. 그녀의 망토는 이미 물에 젖어 축축해져 있었다.

"마법사는……."

세리카가 고개를 들어 시우와 눈을 마주쳤다.

"마법사는 내 날개를 도려냈다."

세리카는 대답하고 조금 후회하는 것 같았다. 스스로도 왜 그런 이야기를 했는지 이해할 수 없다는 표정이었다.

세리카는 불안한 표정으로 시우의 눈치를 살폈다. 만약 그가 이 말을 알아듣는다면 세리카는 그를 죽일 생각이었다.

그러나 시우는 도무지 세리카의 말을 알아들을 수가 없었다.

시우가 혼란스러운 표정을 짓자 세리카는 안심하는 기색이었다.

너무 충동적인 발언이었다. 너무 동요한 탓에 해선 안 될 말을 하고 말았다.

세리카는 내심 다시는 그러지 않겠다고 다짐했다.

"약속이다. 그 멜로디는 반드시 잊도록. 만약 약속을 지키지 않는다면……."

세리카는 뒷말을 잇지 않았다. 그저 시우를 지나쳐 신발과 정강이받이를 챙겨서 야숙지로 돌아갔다.

시우는 세리카의 말을 한참이나 생각해 보았지만 도무지 그 뜻을 알 수 없었다.

몸이 찜찜했다.

시우는 옷을 벗고 연못으로 몸을 던졌다. 차가운 물이 피와 함께 시우의 고민을 씻어내는 듯했다.

시우는 세리카의 말을 말끔히 잊고 야숙지로 돌아갔다. 그곳에는 술에 취한 용병들이 곯아떨어져 있었다.

짐꾼들은 데브의 명령에 따라 물을 술통으로 옮겨 담고 있었다.

애초에 데브는 생각보다 성과가 좋아 피를 담을 빈 통을 더 만들기 위해 술판을 벌인 모양이었다. 피를 담으려면 보다 청결한 통이 좋았기에 비워낸 술통에 물을 옮겨 담은 것이다.

시우는 그것을 지켜보다가 자리를 잡고 누웠다.

시우의 기준으로는 아직 잠들기엔 이른 밤이었다. 그러나 오늘 하루쯤은 푹 쉬고 싶은 기분이었다.

시우는 눈을 감고 리젠을 사용했다.

점차로 깊은 잠에 빠져들었다.

무언가가 시우의 잠을 방해했다.

시우의 의식이 천천히 깨어나기 시작했다. 그러나 시우는 잠에서 깨고 싶지 않았다. 눈을 감은 채 다시 잠을 청했다. 그와 함께 무엇이 시우의 잠을 방해했는지 추측하고 있었다.

이내 시우의 감각으로 작은 기척이 느껴졌다. 아마도 용병인 것 같았다. 술을 그렇게 마셔댔으니 소변이 마려서 잠에서 깬 모양이었다.

시우는 살금살금 움직이는 용병의 기척이 오히려 신경 쓰여 잠에 들 수 없었다.

시우가 눈을 뜨는 순간 그 용병이 시우를 덮치며 입을 틀어막았다.

깜짝 놀라 비명을 지르려는 시우의 목에 날카로운 것을 박아 넣었다.

끔찍한 고통이 느껴졌다. 경동맥이 끊어져 엄청난 양의 피가 솟구쳤다.

정신이 아찔했다. 단 한순간의 일이지만 뇌로 공급되는 산소의 양이 부족해졌다.

정신을 잃을 것만 같았다.

시우는 정신을 차렸다. 이렇게 죽을 수는 없었다.

전신으로 마력을 방출했다. 그로 인해 발산된 척력에 의해 시우의 몸이 지상에서 떠올랐다. 시우를 공격한 용병은 저 멀리 날아가 바닥을 굴렀다.

시우는 손으로 목을 틀어잡았다. 출혈을 막아야 했다. 그러나 경동맥의 손상은 그런 방법으로 지혈을 할 수가 없었다.

말을 할 수 없었다. 아이템창을 열 수가 없었다.

시우는 간신히 [음소거 모드 명령어]를 떠올렸다.

목에서 손을 떼고 왼손으로 오른 팔꿈치를 두 번 두드렸다. 그러자 시우의 눈앞으로 상태창이 열렸다.

시우가 필요한 것은 그게 아니었다. 이번에는 오른손으로 왼쪽 팔꿈치를 두 번 두드렸다. 간신히 아이템창이 열렸다.

시우의 눈앞이 뿌옇게 멀어갔다.

시우는 잘 보이지 않는 아이템창에서 붉은 아이콘을 찾아 손을 뻗고 마구 터치했다.

일반적으로 포션은 꺼내서 마시는 것이 일반적인 사용 방법이었지만 소모아이템들은 더블 터치로 간단히 사용하는 방법도 있었다.

어떻게 포션을 사용하는 것에 성공했는지 시우의 상태가 정상으로 돌아왔다.

"꺽! 꺼억! 끄으으으."

죽을 뻔했다. 죽을 뻔했다.

아니, 이미 죽었나?

머리가 어지러웠다. 상태는 호전됐는데 뇌는 아직 산소가 부족한 상태였다.

어렵사리 호흡을 계속하니 시력이 회복되었다.

머리가 죽도록 아프고 어지러웠지만 손 놓고 있을 때가 아니었다.

시우의 검, 리네가 사라졌다.

멀리서 도망치는 용병의 등이 눈에 들어왔다.

시우는 드레곤 페더 보우와 화살통을 꺼냈다.

수풀이 우거지다. 이런 곳에서 익시더를 저격하기란 쉽지 않은 일이었다.

그러나 시우는 포기하지 않았다.

세계수의 가지를 마저 꺼내 화살을 시위에 메겼다.

겨냥은 애초에 끝났지만 단지 겨냥을 한다고 해서 맞출 수는 없었다.

시우는 세계수의 가지를 통해 화살로 마력을 흘려 넣고는 마법을 흩으며 화살을 쏘았다.

쒜에엑!

그 잠깐 사이 익시더는 이미 500미터도 넘게 이동한 상태였다.

화살이 바람을 가르는 소리를 듣고 익시더가 몸을 던져 피하려 했다.

그러나 그런 익시더의 반응은 이미 예측한 바였다.

시우는 화살촉에 흘려 넣은 마력을 느끼며 익시더의 방향으로 인력을 작용시켰다.

강한 힘을 품고 직선으로 날아가던 화살이 곡선을 그리며 익시더를 향했다.

퍼억!

"아악!"

명중이었다.

하지만 한 번에 죽이는 건 실패한 모양이었다.

시우는 발에 척력을 작용시켜 지상에서 떠올랐다. 인력으로 몸을 잡아당겼다.

자기부상열차의 원리로 시우는 지상과의 마찰과 중력을 무시하고 앞으로 나아갈 수 있었다. 시우의 속도를 방해하는 것은 바람 저항뿐이었다. 시우의 몸이 바람을 가르며 무시무시한 속도로 나아갔다.

익시더가 몸을 일으켰다. 놈은 포션을 갖고 있던 모양이었다.

화살을 뽑은 종아리가 천천히 아물어가는 것이 보였다.

시우는 바닥을 미끄러지는 상태를 유지하며 다시 시위를 당겼다. 마찬가지로 화살에 마력을 흘려 넣으면서 준비를 마치고 화살을 쏘았다.

쒜에엑!

놈이 또 몸을 날렸다. 첫 발은 우연하게 맞은 거라고 생각하는 모양이었다.

화살이 놈을 쫓아갔다.

놈은 얼마 걸음을 옮기지 못하고 이번엔 반대쪽 종아리를 관통당하고 말았다. 정확히 뼈를 맞췄는지 하얀 뼈가 날카롭게 부러져 정강이로 튀어나온 것이 보였다.

"아으으!"

시우는 발에서 척력을 제거하며 착지해 마법으로 용병의 손에서 포션을 빼앗았다.

놈은 쓰러진 자리에서 칼을 뽑으며 시우를 견제했다.

"케넨?"

"크으. 어떻게 살아남았지? 분명 정확히 경동맥을 끊었는데."

시우가 빠득 이를 갈았다.

"그래. 죽을 뻔했지. 만약 깨어있지 않았다면 죽었겠지."

시우는 분노와 안도를 동시에 느끼고 있었다. 만약 그때 깨어있지 않았더라면 분명 대처는 늦어졌을 것이다. 시우가 살아남은 것은 정말 천운이라 할 수 있었다.

"그래. 깨어있었나. 내 실수군. 그럼 어쩔 수 없지."

케넨은 너털웃음을 흘렸다.

시우는 이해할 수 없었다.

"어째서 그런 짓을 한 거지?"

"그런 짓이라니?"

"몰라서 묻나? 어째서 날 죽이면서까지 검을 훔치려 했냐는 말이다."

그러나 이해할 수 없기는 케넨도 마찬가지인 모양이었다.

"너야말로 몰라서 묻는 거냐? 그야 당연히 돈 때문이지."

시우는 이해할 듯 말 듯 복잡한 기분이었다.

어차피 이번 임무가 끝나면 거액이 손에 들어왔을 텐데 그것으론 부족했단 말인가?

그러나 케넨은 그런 시우의 반응에 관심이 없다는 표정이었다.

"너 굉장히 강하구나. 이럴 줄 알았으면 아예 목을 잘라버리는 건데."

시우는 케넨의 발언에 기가 찼다.

시우는 놈이 품에 안고 있는 리네를 마법으로 빼앗았다.

놈은 이 상황이 되고서도 리네를 빼앗기지 않으려 버텼지만 시우의 마법에는 저항할 수 없었다.

뒤늦게 야숙지에서 소란이 일어나는 것이 들렸다. 그러나 시우는 놈에게서 시선을 뗄 수가 없었다.

놈은 용병들이 다가오기까지 시우를 견제하며 검을 휘둘렀지만 다리의 출혈량이 많았다. 이내 검을 들 힘도 남지 않았는지 검을 든 팔이 축 늘어졌다.

의뢰주인 데브가 지척까지 왔을 때는 이미 얼굴이 파랗게 질려 금방이라도 죽을 듯한 모습이었다.

"이게 도대체 무슨 상황이죠?"

데브의 질문에 시우는 자초지종을 설명했다.

뒤이어 도착한 용병들이 시우의 설명을 듣고 침묵했다. 풀벌레 소리마저 들려오지 않는 적막이 흘렀다.

"어쩌시겠습니까?"

데브가 물었다.

시우는 침묵했다.

머릿속이 어지러웠다. 뭘 어쩌란 말인가?

놈은 살려두기엔 너무 위험한 놈이었다. 포박을 한다고 해도 적당한 도구가 없으면 익시더를 포박해 두기란 어려운 일이었다.

안 그래도 위험한 임무인데 케넨을 살려두겠다고 위험 부담을 늘릴 수는 없었다.

그럼 죽여?

상황만 보아선 그게 최선이지만 선택을 할 수가 없었다.

데브가 뒤늦게 아아! 하고 감탄사를 흘렸다.

익시더라면 대부분이 살인 경험이 있었지만 시우는 마법사다. 그것도 아직 어린 용병이었다. 데브는 혹시 시우에게 아직 살인 경험이 없는 것은 아닐까 눈치를 챘다.

"도와드릴까요?"

데브의 말에 시우는 대답할 수 없었다.

그걸 수락으로 받아들였는지 데브가 검으로 손을 뻗었다.

그것을 지켜보던 시우의 뇌리로 어떠한 생각이 스치고 지나갔다.

등골을 타고 전율이 흘렀다.

"아뇨. 제가 할게요."

시우는 데브의 손을 붙잡아 만류하며 리네를 뽑아들었다.

용병들이 지켜보고 있었다. 케넨과 같은, 리네를 탐내는 용병들이었다.

케넨이 돈에 눈이 멀었듯 그들이라고 그러지 말라는 법은 없었다.

여기서 시우가 케넨의 죽음을 남의 손에 맡기면 얕보일 수도 있었다. 시우는 깨달은 것이다. 이 험악한 세계에서 죽이지 못한다는 건 약점이라는 사실을.

케넨은 이미 피를 너무 흘려서 무저항 상태였다.

아마 이대로 방치하면 과다출혈로 죽지 않을까 싶을 정도로 상태가 심각했다.

그러나 그럴 수는 없었다. 이러한 일처리는 확실히 해야 했다.

어차피 NPC였다. NPC.

그것을 머리로 계속해서 되뇌며 다른 생각이 들지 않는 사이 리네를 케넨의 심장에 찔러 넣었다.

리네를 타고 발작하는 놈의 떨림이 전해져왔다.

띠링!

[레벨이 1 상승하셨습니다.]

[레벨업 효과로 생명력과 마력, 원력이 회복됩니다.]

[스탯 포인트가 2개 자동분배 됩니다. 남은 스탯 포인트가 3개 상승합니다.]

[모든 상태이상 효과가 회복됩니다.]

NPC를 죽인 것은 처음이었다.

레벨이 올랐다는 사실에 놀라기보다 놈이 확실히 죽었다는 사실에 머릿속이 텅 비었다.

"다 끝났습니다. 이만 돌아가 주무세요!"

데브가 상황을 정리했다.

동료가 죽었는데 용병들은 별 감흥이 없는지 터덜터덜 야숙지로 돌아가 잠자리에 누웠다.

데브가 짐꾼을 시켜 케넨의 시체에 불을 놓자 시우도 잠자리로 돌아가 누웠다.

가슴이 떨렸지만 리젠을 쓰니 금방 진정이 되었다.

문제는 잠을 잘 수가 없었다.

잠이 들면 또 다른 용병이 리네를 노리고 공격해 올 것 같았다.

시우는 잠자리에서 일어났다.

이렇게 누워 마음고생을 할 바에 차라리 검을 휘두르자 싶었다.

시우는 날이 밝도록 포스칸 상급 검술을 연마했다.

몸도 마음도 무거웠다.

해가 뜨기 시작하자 시우는 인적이 없는 곳으로 가서 옷을 벗고 땀을 씻어냈다.

정신이 번쩍 들었다.

옷을 입고 천천히 걸어 돌아오는 길에 리젠을 하며 생각에 잠겼다.

체실의 조언을 따라 리네를 계속 차고 다닐지, 아니면 아이템창에 넣어 둘지.

시우는 한참을 고민하다가 결국 계속해서 차고 다니기로 결정했다.

리네를 아이템창에 넣으면 빼앗기지 않을지는 몰라도 그것이 용병들의 탐욕을 억제하지는 못할 거라는 것이 시우의 판단이었다. 차라리 검을 계속 차고 있으며 리네를 탐내는 적을 견제하고 만약 공격해올 경우 언제든 대응할 수 있게 준비를 해두는 것이 좋았다.

잠을 자지 못해 무겁던 머리가 점차로 맑아졌다. 리젠의 효과였다.

용병들이 하나둘 잠에서 깨었다. 죽은 듯이 잠들어 간밤의 일을 몰랐던 용병들 때문인지 케넨과 시우의 이름이 용병들의 입에 오르내렸다.

용병들이 달라진 눈빛으로 시우를 쳐다봤다.

케넨의 행동은 둘째 치고 그의 실력은 익시더들 사이에서도 명성이 자자했다. 그런 케넨의 야습을 막아내고 홀로 맞서 이겼다는 이야기는 제법 흥미로운 이야기였다.

그러나 시우는 그런 용병들의 시선이 마음에 들지 않았다.

케넨은 익시더들 중에서도 시우에게 가장 호의를 보였던 용병이다. 그런 케넨도 손바닥 뒤집듯 변절을 했는데 다른 용병이라고 그러지 말라는 법은 없었다.

믿을 놈 하나 없다. 쏟아지는 호의적인 시선들이 리네를 탐내는 시선으로 보였다.

"괜찮으세요?"

마치 적이라도 눈앞에 둔 듯 긴장하는 시우에게 들려온 목소리였다.

레쉬. 그는 지금 시우가 믿을 수 있는 유일한 아군이었다.

"무엇이요?"

불안으로 널을 뛰던 고동이 점차로 진정되었다.

아무리 돈에 눈이 먼 용병들이라도 한낮에는 리네를 탐내지 못할 것이다. 혹 그렇다 해도 레쉬가 있다고 생각하니 조금은 든든한 기분이 들었다.

"간밤에 첫 살인을 하셨다고 들어서요."

"첫 살인이요?"

시우는 눈살을 찌푸렸다.

무슨 미친놈처럼 과장하며 죽이진 않았지만 최대한 동요를 보이지 않으며 무덤덤하게 잘 죽였다고 생각했다. 그런데 그런 소문이 돈단 말인가?

시우는 데브를 떠올렸다. 만약 그런 생각을 하는 용병이 있다면 데브밖에는 없을 거란 생각이 들었다.

시우의 시선이 데브에게 돌아가자 레쉬가 대답했다.

"아아, 예. 데브에게 들었어요. 데브와는 구면이거든요."

시우는 고개를 끄덕였다. 그렇다면 다행이었다.

"몬스터를 죽이는 게 익숙해서 그런 지 사람을 죽이는 것도 별반 다를 것은 없더군요."

거짓말이었다. 케넨의 심장을 찔러 전해져오던 떨림이, 고동이, 발작이 손끝에서 지워지지 않았다.

아마 이 게임이 너무도 현실적이기 때문에 생긴 반작용인 모양이었다.

시우는 NPC일 뿐이었다고, 다른 방법은 없었다고, 지금 급한 것은 그것이 아니라고 되뇌며 감각을 속이는 것이 고작이었다.

약한 모습을 보일 수는 없었다. 용병들이 어디서 보며 듣고 있을지 알 수 없었다.

"그렇다면 다행이지만."

레쉬가 미덥잖다는 표정을 짓자 시우는 피식 웃음을 터트렸다.

화제를 바꾸고 싶었다.

"그것보다 어제 성과가 대단하던 걸요. 대충 계산해보니 수익이 1,100파운드나 되더군요. 일정대로 열흘이나 사냥을 하다보면 오천 파운드가 아니라 만 파운드는 벌수도 있겠어요."

레쉬도 돈 얘기는 마음에 드는지 얼굴이 밝아졌다.

"그렇다면 좋겠지만 그렇게 쉽지도 않을 거예요."

과연 레쉬의 말마따나 그렇게 쉬운 일은 아니었다.

카스탄의 영역에 들어온 지 2일째의 성과는 고작 쟈탄 몇 마리가 끝이었다. 카스탄은 그림자도 볼 수 없었다.

3일째와 4일째에 각각 한 마리의 카스탄을 목격해 사냥에 성공했다.

시우는 레쉬의 조언을 무시하고 가장 앞에서 달려들어 카스탄들을 학살했다. 그 실력에 첫 날 확인한 시우의 실력이 우연이 아니었다고 인정하는 용병들이 늘어났다.

세리카의 눈치를 살피며 말도 못 걸던 용병들이 어깨동무를 청해오고 술을 권했다. 시우는 용병들의 면전에 마주 웃어주면서도 긴장을 끈을 놓지 않았다.

벌써 4일째 바닥에 등을 붙이지 못했다. 잠을 자는 것은 마차가 이동하는 낮에 쪽잠을 자는 것이 전부였다. 3일째까지는 리젠으로 견디는 것으로 충분했는데 4일째가 되자 컨디션이 엉망으로 꼬이기 시작했다.

유혹이 시작됐다.

케넨은 아주 특이한 케이스였고 다른 용병들은 그러지 않을 거라는 생각이 들었다. 어쩌면 이렇게 잠도 못자고 용병들을 견제하는 것이 과잉 반응은 아니냐고, 그냥 잠이 들어도 별다른 일은 일어나지 않을 거라고 스스로가 스스로를 유혹하기 시작했다.

하지만 시우는 그럴수록 더 견고히 의지를 다졌다.

그 날은 2마리의 카스탄을 사냥해 48레벨이 되었다.

다음 날 아침이 밝았다.

용병들의 불만이 늘었다.

카스탄 사냥의 일정을 열흘로 예측했던 것에 비해 달성량이 너무 적었다.

벌써 카스탄 사냥이 시작된 지 6일째 아침이 밝았는데 목적치인 750리터 중에 220리터밖에는 모이지 않았다.

퍼센티지로 따지면 30퍼센트밖에 안 되는 수치였다.

첫날의 달성량으로 기대치가 높아진 용병들은 불만이 생길 수밖에 없었다.

그것은 시우도 마찬가지였다.

빨리 의뢰를 마치고 집으로 돌아가 두 눈 붙여 자고 싶은 생각뿐이었다.

그러나 여유에서 나오는 투정도 그 날 저녁이 오기 전까지의 일이었다.

카스탄들이 용병들을 매복하고 있었다.

9마리의 카스탄들이 모습을 드러냈다.

"이게 도대체?"

용병들이 동요했다.

카스탄이 무려 9마리나?

아무리 익시더가 10명이나 있다지만 카스탄을 동시에 9마리나 상대하는 것은 무리가 있었다. 게다가 그 9마리 중 한 마리는 다른 카스탄에 비해 머리 하나는 더 크고 강인해 보였다.

용병들도 소문으로만 듣던 카스탄들의 왕이었다.

그러나 도망을 칠 수는 없었다.

카스탄은 걸음이 느리니 도망을 치면 쫓아오지는 못하

겠지만 그러려면 짐마차를 포기해야 했다.

짐마차에는 2,300파운드의 가치를 하는 쟈탄과 카스탄의 피가 실려 있었다.

용병들이 항전을 각오하며 무기를 들었다. 그러나 사기는 크게 죽어있었다. 도망을 고려하며 주춤주춤 물러서는 용병마저 있었다.

그 모습을 지켜보던 큰 덩치의 카스탄, 카스탄 두령이 돌연 포효를 내질렀다.

구워어어어어!

땅이 흔들리고 나무에서 이파리가 쏟아졌다.

짐꾼들이 주저앉으며 똥오줌을 지렸고 익시더들의 얼굴도 파리하게 질려갔다.

시우가 앞으로 나섰다.

용병들의 사기가 너무 죽었다. 사제가 있었다면 굳이 시우가 나설 필요도 없었지만 여기선 일단 용병들의 기를 펼 필요가 있었다.

흐으으으읍!

숨을 힘껏 들이쉬고,

"[크아아아아아!]"

기합을 내질렀다.

다만 그것은 평범한 기합 스킬이 아니었다.

시우의 고함이 길게 늘어졌다. 마력을 끊임없이 불어넣

으며 더 크고 강하게 내질렀다.

그것은 포효였다.

카스탄 두령의 그것을 넘어선, 너희를 죽이겠다는 시우의 의지였다.

띠링! 띠링! 띠링! 띠링! 띠링! 띠링……!

[기합의 스킬 레벨이 상승합니다.]

[기합의 스킬 레벨이 상승합니다.]

…….

[Max 레벨에 도달한 기합 스킬이 살기 스킬로 진화합니다.]

시우가 입을 다물었을 때 여덟 마리의 카스탄들은 주춤주춤 물러서고 있었다. 오로지 카스탄 두령만이 우뚝 서서 기묘한 표정으로 시우를 바라보고 있었다.

Respawn

NEO FUSION FANTASY STORY & ADVENTURE

10장.
세리카

리스폰

시우는 드래곤 페더 보우를 꺼내들었다.

지금까지의 경험으로 화살로 머리를 부숴도 머지않아 회복된다는 것은 알고 있었다. 하지만 또한 화살로 머리를 박살내 움직임을 멈춘 후 다가가 목을 자르는 방법이 가장 안전한 사냥방법임도 알고 있었다.

시우는 이번 전투에서 가장 거슬릴 것 같은 카스탄 두령의 머리를 노리고 화살을 쏘았다.

쒜에엑! 퍽!

그러나 카스탄 두령은 놀랍게도 시우의 공격에 반응해 화살을 쳐냈다.

시우는 리네를 뽑아들었다. 아무래도 두령에게 활은 통

하지 않는 모양이었다.

시우는 부상 마법으로 공중에 떠오르며 카스탄 두령에게 돌진했다. 무지막지한 가속력에 카스탄 두령이 겁을 먹을 법도 하건만 카스탄 두령은 꼼짝도 하지 않았다.

그 순간 카스탄 두령의 머리 위로 카스탄이 날아들었다.

카스탄의 취약한 하반신으로는 보일 수 없는 묘기였다. 시우의 시야로 뒤늦게 두 다리를 대신해 두 팔로 뛰어오르는 또 다른 카스탄의 모습이 보였다.

부족한 기동력을 네 개의 팔로 보완하는 전투방법인 모양이었다.

시우는 처음 보는 카스탄의 기묘한 행동에 당황했지만 침착하게 대응했다.

부상 마법에 반동을 주어 마주 뛰어오른 시우는 카스탄이 휘두르는 주먹에 마주 주먹을 휘둘렀다.

누가 보아도 말이 되지 않는 모습이었다.

시우는 강인한 마법사이며 또한 전사였지만 카스탄의 주먹은 시우의 몸통만했고 시우의 팔뚝은 고작해야 카스탄의 손가락 두께도 되지 않았다.

그것을 뒤에서 지켜보던 용병들이 경악하며 소리를 질렀다. 짐꾼들은 시우의 몸이 으깨지는 끔찍한 상상과 함께 고개를 돌려버렸다.

그러나 뒤이어 펼쳐진 광경은 그들의 상식을 산산조각 내버렸다.

시우의 주먹과 맞닿은 카스탄의 팔이 갈기갈기 찢겨나 갔다.

마력의 네 가지 속성 중 소리의 물리력을 응용한 파괴 마법이었다.

시우는 팔이 뜯겨 나가 당황하는 카스탄의 목을 베어버 렸다. 뒤이어 착지한 시우는 다시 한 번 부상 마법으로 뛰 어오르며 두 번째 카스탄의 복부를 올려 찼다.

퍼어엉!

북이 터지는 것 같은 소리와 함께 카스탄의 육편이 사방 으로 흩어졌다. 죽이지는 못했지만 카스탄의 치유력으로 도 금방 회복하긴 어려운 데미지였다.

시우는 왼손으로 카스탄의 머리를 쥐는 시늉을 했다.

지난 5일, 잠을 자지 못한 시우에게는 주어진 시간이 많 았다. 그간의 성과를 과시하듯 시우는 손을 들어올렸다. 그러자 500킬로그램이 넘어가는 거구가 거인의 손에 잡힌 듯 지상에서 떠올랐다.

아직도 파괴된 내장이 회복되지 않아 허둥대던 카스탄 이 반항하며 네 개의 손을 휘둘렀다. 그러나 시우에겐 닿 을 수 없었다.

시우는 담담하게 리네를 휘둘렀다.

"[질풍 칼날.]"

카스탄의 목이 리네에서 뿜어져 나온 바람의 칼날에 떨어져 나갔다.

머리를 잃은 몸이 바닥에 늘어지며 발작을 일으켰다. 시우는 마력으로 집어든 카스탄의 머리를 집어던졌다.

눈 깜짝할 사이에 두 마리의 카스탄이 죽어버린 것이다.

시우의 실력은 충분히 보아왔다고 생각했던 용병들도 놀라지 않을 수 없는 광경이었다. 그것은 그야말로 일방적이었다.

작은 체구의 시우가 어쩐지 커보였다.

카스탄의 피로 시우의 머리가 붉게 물들자 용병 한 명이 저도 모르게 입을 열었다.

"베, 베헬라."

그것은 붉은 달을 지칭하는 명사였다.

이 세계의 사람들에게는 스스로 이해할 수 없는 현상에 새로운 이름을 붙여 의인화, 신격화 하는 문화가 있었다.

그리고 그들에게 결코 닿을 수도 이해할 수도 없는 태양과 달들은 신격화하기에 합당한 것들이었다.

태양은 행운을 상징하며 엘라라 불렸으며, 푸른 달은 탄생을 상징하는 세일라, 그리고 붉은 달은 죽음을 상징하며 베헬라라 불렸다.

피로 물든 시우의 모습은 그야말로 베헬라라는 이름이
어울렸다.

"베헬라의 마법사가 우리와 함께 한다!"

와아아아!

따단!

[업적 달성! 최시우님은 역경에 대항하는 용감한 정신으
로 절망에 빠진 용병들에게 희망을 심어주었습니다.]

[칭호 = 베헬라의 마법사가 주어집니다.]

칭호-베헬라의 마법사

[칭호 효과- 적을 처치할 때마다 아군의 정신력 회복.]

시우는 용병들이 그러거나 말거나 카스탄이 공격해오지
않는 짧은 틈을 이용해 열심히 리젠을 사용하고 있었다.

카스탄 두 마리를 일시에 처리한 것까진 좋은데 그만큼
마력의 소모도 컸다.

시우는 지금처럼 마력회복 포션이 간절했던 적이 없었
다.

시우는 눈살을 찌푸렸다. 도무지 지금의 상황으로는 답
이 나오지 않았던 것이다.

그러나 상황은 시우가 생각하는 것만큼 나쁘지는 않았
다.

시우가 일장연설을 하며 사기를 북돋아줬다면 더 좋았 겠지만 익시더들은 충분히 희망을 보았다. 그들 또한 경험 많은 용병들이었으므로 최소한의 희망만 있다면 그 후로 는 스스로 싸울 수 있었다.

데브가 시우의 어깨를 두드렸다.

"당신이 이 자리에 함께해 다행입니다."

그리고 데브가 앞으로 나서자 나머지 9명의 익시더들이 그 뒤를 따랐다.

레쉬와 과묵한 마법사도 시우의 곁으로 다가왔다.

"일단 물러나서 마력을 회복하세요. 여기는 저희가 맡 겠습니다."

시우의 가슴 깊은 곳에서 원인을 알 수 없는 격한 감정 이 일어났다.

이것을 뭐라고 부르면 좋을까?

시우는 알 수 없었다. 그러나 나쁘지 않은 기분이었 다.

앞으로 나선 익시더들의 몸에서 본격적으로 아우라가 뿜어져 나오기 시작했다. 그것을 지켜보던 나머지 카스탄 들의 눈에 경계의 감정이 깃들었다.

먼저 공격한 것은 궁수들이었다.

궁수들이 카스탄을 견제하며 집요하게 눈을 노리며 화 살을 쏘자 카스탄들의 신경이 분산되었다. 그것을 노리고 익시더들이 몸을 던졌다.

순식간에 전장은 아비규환이 되었다.

네 개의 팔 중 세 개가 날아가 한 팔로 싸우는 카스탄, 카스탄의 손에 잡혀 어깨부터 팔을 뜯긴 익시더, 마법사에 의해 발밑을 공략당해 바닥을 구르다 머리가 떨어진 카스탄, 카스탄의 주먹에 맞아 수십 미터를 날아다니는 익시더.

그 중에서도 가장 가관인 것은 카스탄 두령과 세리카의 전투였다.

그들의 전투는 다른 카스탄이나 익시더들과는 비교가 불가했다.

카스탄 두령의 전신에서 아우라가 솟구쳐 나왔다. 놀랍게도 카스탄은 몬스터의 몸으로 익시더가 된 것이다.

그러나 세리카는 동요하지 않고 침착하게 대응했다. 세리카의 몸놀림은 눈으로 쫓기 힘들 정도로 빠르고 강했다.

카스탄의 팔 하나가 순식간에 떨어져 나가고 카스탄 두령이 남은 세 개의 팔을 마구 휘둘렀다.

카스탄 두령은 곧이어 바닥을 강하게 두드려 지반을 흔들었다. 그러자 세리카는 주춤하며 속도가 줄어들었다. 카스탄 두령은 그 기회를 놓치지 않고 달려들었다.

카스탄의 하체는 부실하다는 상식을 파괴한 무시무시한

속도였다. 카스탄이 두 팔로 깍지를 끼어 세리카를 내려찍었다.

그러나 세리카의 반응은 늦지 않았다. 카스탄 두령의 공격을 검으로 막아냈다. 하지만 카스탄은 그것도 염두에 두고 있었다.

남은 하나의 팔을 크게 휘저으며 세리카의 복부에 주먹을 꽂아 넣었다.

세리카의 가벼운 몸은 그 괴력에 견디지 못하고 튕겨나갔다. 바닥에 수차례 튕기며 두어 바퀴 빙글빙글 돌더니 나무에 꽂히면서 겨우 멈춰 설 수 있었다.

몸을 일으키는 세리카의 입가로 피가 흘렀다. 겉으로 보이는 것만큼 큰 타격은 없었지만 결코 가벼이 여길 수도 없는 타격이었다.

세리카가 주저하는 사이 카스탄 두령은 떨어져나간 팔을 주워 붙였다. 세리카는 그것이 마음에 들지 않는다는 눈빛으로 바라보며 허리로 손을 뻗어 포션을 꺼내 마셨다.

잠시 기세가 줄었던 은빛 아우라가 거세게 피어올랐다.

세리카와 카스탄 두령은 동시에 몸을 던졌다. 세리카의 검이 일으키는 은빛 폭풍에 맞서 카스탄 두령도 네 개의 팔을 마주 뻗었다.

카스탄 두령의 주먹은 세리카의 검에 의해 너덜너덜해

졌지만 카스탄 두령은 개의치 않았다. 그 정도 상처는 수 초만 지나면 회복할 수 있는 수준이었다.

세리카의 공격이 더욱 거세졌다. 이제는 시우의 눈으로 도 어디를 어떻게 공격하는지 구분할 수 없는 수준이었다. 그것은 카스탄 두령도 마찬가지였다. 막상막하의 접전이 었다.

호흡을 할 틈도 없이 쏟아내는 공격에 세리카와 카스탄 두령의 얼굴이 빨갛게 달아올랐다. 폐활량은 카스탄 두령 이 더욱 많았지만 원력의 양에서는 세리카를 따라올 수 없 었다.

먼저 체력이 떨어진 것은 카스탄 두령이었다. 바닥을 두드리는 충격으로 세리카의 발밑을 불안하게 만들면서 그 반동으로 뒤로 크게 뛰어올랐다. 그러나 이미 한 번 그러한 공격을 받았던 세리카는 그것을 기다리고 있었 다.

세리카가 허공을 박찼다. 그러자 세리카의 발밑으로 은 빛 폭풍이 몰아치며 세리카의 몸이 카스탄 두령을 향해 쏘 아져나갔다.

카스탄 두령이 놀라 눈을 크게 뜨며 몸을 비틀었지만 세 리카의 공격이 먼저였다.

세리카의 검이 카스탄 두령의 목을 크게 베었다.

세리카의 승리였다.

적어도 세리카는 그렇게 확신했다.

그러나 생각보다 공격이 얕았다. 바닥에 쓰러졌던 카스탄 두령의 목이 빠르게 다시 붙었다. 세리카는 방심하고 있었다. 카스탄 두령에겐 절호의 기회였다.

카스탄 두령의 손에 보랏빛 아우라가 모여들기 시작했다. 체내에 남아있는 모든 원력을 주먹 하나에 모두 모은 것이었다. 아무리 세리카라도 그런 공격을 맞았다간 전신이 으스러지고 말 것이다.

카스탄 두령이 주먹을 내리쳤다. 그러나 카스탄 두령에겐 불행하게도 그 전투를 지켜보던 관객이 있었다.

시우였다.

시우의 몸이 벼락같이 사이에 끼어들어 카스탄 두령의 주먹을 막아냈다.

아직 모인 마력량이 많지 않아 전신으로 마력을 방출하며 일으킨 척력으로 막아낸 것이었다. 카스탄 두령의 주먹이 마력마저 흩어버리며 시우의 머리를 뭉개려고 했지만 그것은 미수에 그치고 말았다.

뒤늦게 정신을 차린 세리카가 카스탄 두령의 목을 날렸다.

"크으으."

머리가 어질어질했다. 마력의 소모가 크면 생기는 현상이었다.

주저하던 세리카가 물었다.

마법사를 혐오하는 세리카에게 마법사를 염려하는 말은 하기 쉬운 것이 아니었다.

"…괜찮나?"

"안 괜찮아. 그것보다 달리 할 말이 있을 텐데?"

시우가 자연스럽게 반말을 했지만 세리카는 알아차리지 못했다.

"무슨?"

"안 고마워?"

세리카는 말문이 막혔다.

시우의 덕분에 목숨을 구했다.

마법사에게 도움을 받았다고 생각하니 기분이 복잡했다.

그러나 할 말은 해야 했다. 사실은 세리카도 알고 있었다. 마법사라고 다 같은 마법사는 아니라는 사실을.

"고, 고마……."

하지만 머리로 이해하는 것과 실천하는 것에는 큰 차이가 있었다.

세리카는 말을 마치지 못하고 얼굴을 붉혔다. 평소에 하지 않는 말을 하려니 너무 겸연쩍었다.

"뭐라고?"

"…지금은 전투중이다. 감사의 말을 듣고 싶다면 일단 살아남아라."

지금으로서 세리카가 할 수 있는 말은 그것이 최선이었다.

살아남아라. 전우에게 할 수 있는 최고의 축복.

세리카의 얼굴은 어느새 차갑게 변해있었지만 시우는 어쩐지 세리카가 부끄러워한다고 생각했다.

카스탄 두령이 처치되자 남은 카스탄들은 금방 정리할 수 있었다.

시우는 빛나는 리네를 뽑아들고 전장을 누비고 다니며 카스탄들의 목을 쳐냈다.

띠링!

[레벨이 1 상승하셨습니다.]

[레벨업 효과로 생명력과 마력, 원력이 회복됩니다.]

[스탯 포인트가 2개 자동분배 됩니다. 남은 스탯 포인트가 3개 상승합니다.]

[모든 상태이상 효과가 회복됩니다.]

그러나 역시 카스탄의 수가 많았던 탓에 다친 익시더들의 수도 많았다.

팔과 다리를 잃은 익시더들은 포션을 마셔 목숨을 부지하면서도 흐르는 눈물을 그칠 수 없었다. 포션은 상처를 아물게 해주는 기적의 물약이었지만 잃은 신체를 만들어 주지는 못했다.

상처부위가 깔끔하면 다시 붙이는 것도 가능했지만 카

스탄에게 당한 상처는 기본적으로 거칠었고 대부분이 손
상되거나 카스탄에게 먹혀 붙일 팔다리가 남아나지 않았
다.

용병 둘이 깔끔하게 잘린 팔을 두고 서로 자신의 팔이라
고 다투는 모습이 보였다. 빨리 포션을 사용하지 않으면
과다출혈로 죽을 것 같은 몰골이었지만 팔이 없이 포션을
마시면 영구히 회복이 불가능했다.

전투에는 승리했지만 익시더들은 패잔병의 몰골이었
다.

사지가 멀쩡한 익시더들은 네 명밖에 되지 않았다.

이대로라면 이번 임무는 여기서 종료될 듯한 느낌이었
다.

잠시 고민하던 시우는 아이템창에서 6개의 포션을 꺼내
들었다. 딱 팔과 다리를 잃은 용병들의 수였다.

시우는 세상을 잃은 듯 주저앉아 끊어진 다리를 내려다
보는 익시더에게 다가갔다.

"이름이 테스였나요?"

테스라 불린 익시더가 공허한 눈빛으로 시우를 올려다
보았다.

"만약 제가 당신의 다리를 고쳐준다면 당신은 제게 무
엇을 지불할 수 있죠?"

시우의 의미심장한 질문에 테스의 눈빛이 사나워졌다.

"내 아무리 다리를 잃었다지만 두 팔은 멀쩡하다. 나를 모멸할 생각이라면 아무리 베헬라의 마법사라도 용서하지 않을 것이다."

시우는 손사래를 쳤다.

"제게 당신을 모멸할 의도는 전혀 없습니다. 그저 말 그대로의 의미입니다. 만약 당신의 다리를 고칠 수 있다면 당신은 무엇을 지불할 수 있죠?"

시우의 말에 테스는 혼란스러웠다. 도대체 무슨 의도로 저런 질문을 하는 지 알 수 없었다. 그러나 뒤늦게 시우의 손에 들린 포션이 눈에 들어왔다.

토기로 된 일반적인 포션병과 차별화된 투명한 유리병에 담긴 포션이 신비로운 빛을 내며 반짝거렸다.

테스는 마른침을 삼켰다.

설마? 저 포션이면 다리를 고칠 수 있단 말인가?

테스의 눈빛이 흔들렸다.

그런 이야기는 들어본 적이 없었다. 팔을 잃은 자식을 위해 자신의 팔을 잘라 이식한 아버지의 이야기 같은 동화는 들어본 적이 있었지만 그조차도 허무맹랑한 이야기에 불과했다.

이미 포션을 마셔 뭉뚝하게 아문 다리를 복구한다고? 정말 그게 가능할까?

생각을 거듭할수록 가능성이 없는 이야기였다. 그러나

테스는 지푸라기라도 잡고 싶은 심정이었다.

"만약 내 다리를 고칠 수 있다면 백만금이라도 지불할 테다!"

시우는 고개를 주억거렸다.

백만금이라니, 테스에게 그럴 능력이 있다고는 생각되지 않았지만 그런 과장을 할 정도로 간절하다는 것만은 잘 알 수 있었다.

"50파운드."

"뭐?"

"50파운드를 지불하면 다리를 고쳐드리겠습니다."

시우의 발언에 팔다리를 잃은 익시더들이 시우를 돌아보았다. 팔 하나를 두고 실랑이를 벌이던 두 명의 익시더들도 그게 무슨 헛소리냐는 표정이었다.

테스는 시우의 말을 믿을 수 없었다. 그러나 정말 다리를 고칠 수 있다면 50파운드를 지불할 생각은 있었다.

그러나 문제는 따로 있었다.

"나, 나에겐 그만한 거금이 없어!"

"배당금이 있잖아요? 이번 임무가 끝난 후 지불해도 괜찮아요."

시우의 말에 테스의 눈빛에 희망이 깃들었다.

점차로 시우의 말이 현실적으로 느껴지기 시작한 것이다. 만약 시우의 말이 사실이라면 이 임무의 배당금 전부를 지불할 생각도 있었다. 다리만 회복한다면 돈이야 얼마든지 벌 수 있으니까.

"부디!"

두 손 모아 간절히 부탁하는 테스의 모습에 시우는 고개를 끄덕였다.

시우는 자신의 품에 놓인 포션을 내려다보았다.

이곳의 포션과는 차별화 된 게임의 포션.

그것은 잘린 팔다리도 회복하는 것이 가능한 물약이었다.

물론 이곳처럼 고통에 비명을 지르고 하얀 뼈가 드러나거나 육편이 튀지는 않았지만 이전의 게임도 팔다리가 잘리는 경우가 있었던 것이다.

시우는 테스의 다리를 보았다. 출혈량이 많아 포션을 마신 듯 이미 아물어버린 다리였다. 이 상태로도 다리가 자라날 지는 확신할 수 없었다.

시우는 리네를 뽑아들었다.

"그, 그걸로 뭘 하려고?"

테스의 목소리가 불안으로 떨렸다.

"다리를 잘라냅니다. 새 다리가 돋아날 상처를 만들어야 해요."

테스가 이를 질끈 물었다. 그 끔찍한 고통을 다시 겪어야 한다고? 잠시 마음이 흔들렸지만 다리를 재생할 수 있다면 감당할 수 있는 고통이었다.

"한 번에 잘라줘."

테스의 부탁에 시우는 고개를 끄덕였다. 그리고 시선을 돌리는 테스의 다리에 리네를 휘둘렀다.

서걱!

"으으으!"

잘린 다리에서 피가 튀고 테스가 신음을 흘렸다.

시우는 테스에게 포션을 내밀었다.

"이것을 마셔요."

테스는 부들부들 떨리는 손으로 시우에게 포션을 받았다. 조심스럽게 코르크 뚜껑을 열고 한 방울이라도 흘릴까 조심하며 마시는 모습이 얼마나 다리를 고치고 싶은지 알 수 있는 모습이었다.

그리고 잠시 후 테스의 잘린 다리에서 하얀 뼈가 자라났다. 그 위로 신경과 핏줄이 꿈틀거리며 자리를 잡았고 살덩이와 피부가 생성되었다.

순식간에 다리 하나가 새롭게 만들어진 것이다.

"말도 안 돼!"

세리카의 비명이었다.

그리고 그것은 세리카뿐이 아니었다.

용병들은 눈앞에서 펼쳐진 기적을 믿을 수 없었다.

자리에서 일어나 새롭게 자라난 다리가 정상적으로 움

직이는 것을 확인한 테스의 두 눈에서 하염없이 눈물이 흘렀다.

"고, 고맙다! 나 테스 이 은혜는 평생 잊지 않을 것이다!"

팔 하나를 두고 싸우던 용병 중 하나가 시우에게 달려들었다.

포션을 사용해 팔을 다시 붙여도 신경이 제대로 이어지지 않으면 전과는 차이가 난다. 그러나 테스의 모습을 보니 새롭게 자라난 다리에는 그런 문제가 없는 모양이었다.

50파운드로 새 팔을 만들 수 있다면 얼마든지 지불할 마음이 있었다.

그의 모습에 멀뚱히 팔을 들고 있던 용병도 팔을 내팽개치고 시우의 앞에 줄을 섰다.

"나, 나도! 50파운드를 지불할 테니 포션을!"

시우는 줄을 서는 그들의 모습에 흔쾌히 포션을 분배했다. 돈도 돈이지만 임무가 여기서 끝나게 둘 수는 없었다.

이번 전투로 49레벨이 되었으니 기왕이면 이번 임무로 50레벨까지 올리고 돌아갈 생각이었다. 새로운 스킬과 마법, 마력회복 포션을 사용할 수 있게 되면 시우는 더욱 강해질 수 있었다.

시우에게 포션을 받아 새 팔과 다리를 재생한 용병들은

눈물을 흘리며 은혜를 언급했다. 그러나 시우는 그런 용병들의 태도에 아무런 감흥이 없었다.

오히려 경계심을 더욱 견고히 다졌다. 이미 리네 때문에 잠을 자진 못했지만 포션을 탐내는 용병이 나타날 수도 있다고 생각했다.

시우는 바지에 지린 똥오줌을 처리할 새도 없이 바쁘게 움직이는 짐꾼들을 보았다.

이번 전투로 카스탄의 피가 300리터나 모였다.

무려 5일 동안 모아온 220리터의 피를 넘어가는 양이 한 번의 전투로 모인 것이다.

그날 밤은 다시 술판이 벌어졌다. 익시더들이 잘 익은 노루 고기를 들고 와 시우에게 바쳤다. 시우는 그들의 은인이었다. 더 이상 시우를 어린 마법사로 보는 용병은 없었다.

술잔을 든 레쉬가 시우에게 술을 권했다.

"도대체 그 포션은 어디서 난 거예요?"

"왜요? 갖고 싶어요?"

"그야 당연히 갖고 싶죠. 손실된 팔다리를 재생하는 포션이라니 엄청나잖아요!"

시우는 피식 웃었다. 아이템창에는 아직 많은 포션이 있었지만 그것을 전부 소모하면 더 이상 구할 방법은 없었다.

"이제는 못 구해요. 갖고 있는 포션도 없고요."

혹시나 레쉬가 사고 싶다는 이야기를 꺼낼까 먼저 선수를 쳤다. 유일하게 믿을 수 있는 레쉬에게 거짓말을 하는 것은 마음이 아팠지만 어쩔 수가 없었다.

레쉬는 시우의 말을 믿고 고개를 끄덕였다. 그런 엄청난 포션을 쉽게 구할 수 있다고는 생각하지 않았다.

다만 어쩌면 하나쯤은 꿍쳐둔 포션이 있지는 않을까 의심을 했다. 그런 포션을 하나쯤 상비해 둔다면 팔다리를 손실했을 때를 대비할 수 있으니 전부 팔아버렸다고는 생각하기 어려웠던 것이다.

술에 취해 기분이 좋아진 시우가 술통에 마법을 걸었다.

"[불꽃마저 얼어붙는다. 프리징!]"

그러자 맥주에 살얼음이 얼었다. 그것을 맛본 용병들이 감탄하며 엄지를 치켜들었다.

레쉬와 과묵한 마법사는 아직 드라고니스를 익히지 못해 부릴 수 없는 신기한 재주였다.

흥이 오른 용병이 외쳤다.

"베헬라의 마법사를 위하여!"

베헬라의 마법사를 위하여!

그날은 늦은 밤까지 시우의 위용을 떠들며 시끌벅적했다.

시우는 리젠을 사용하며 취기를 흩었다. 술에서 깨는 것은 안타까운 기분이 들었지만 잠에 들지 않으려면 맨 정신을 유지해야만 했다.

시우가 짐꾼이 친 천막에 들어가자 익시더 한 명이 잘 덮고 자라며 실크 이불을 들고 왔다. 잠을 잘 수 없는 시우에겐 쓸모없는 물건이었지만 괜히 고마운 마음이 들었다.

시우는 실크 이불로 무릎을 덮었다.

마법으로 천막 안에 불을 켜고 드라고니스를 연습하고 있으니 또 하나의 기척이 천막으로 다가오는 것을 느낄 수 있었다. 이번엔 또 누구려나 기대하던 시우의 얼굴에 경악이 깃들었다.

"세리카?"

"체슈."

세리카에게 이름으로 불린 것은 처음이기에 시우는 괜히 기분이 이상해졌다.

"이런 야밤에 무슨 일이야?"

시우는 조신하지 못하다고 말장난을 치려다 말았다. 직접 싸워보진 못했지만 세리카는 이 무리에서 유일하게 시우보다 강할지도 모르는 용병이었다.

갑자기 긴장이 되었다. 밤에 여자가 찾아왔다는 상황이 낯설다보니 어떻게 보면 당연한 감정이지만 시우의 긴장은 그런 긴장이 아니었다.

마치 천적을 눈앞에 둔 사냥감의 기분이었다.

지금까지는 세리카의 진짜 실력을 알 수 없었다. 그저 원력이 많으니 강하겠거니 하고 있었다. 그러나 이제는 안다. 카스탄 두령과 맞서 싸우던 세리카는 엄청나게 강했다.

시우는 긴장하며 손으로 리네를 쓰다듬었다. 언제든 칼을 뽑을 수 있도록 경계를 해야 했다.

그러나 세리카에겐 시우를 공격할 생각이 없었다.

입을 열었다 닫았다 망설이는 모습이 뭔가 이상해 보였다.

"뭔데?"

별 일이 아니라면 빨리 천막에서 내쫓고 싶었다. 시우가 재촉하자 세리카가 겨우 목소리를 내었다.

"그 포션."

"응?"

"혹시 남아 있어?"

설마하니 세리카마저 포션을 욕심낼 줄은 몰랐던 시우는 눈살을 찌푸렸다.

"왜? 그것이 갖고 싶나?"

세리카가 망설이다가 말없이 고개를 끄덕였다. 은빛으로 빛나는 머리칼이 가련하게 흔들렸다.

냉철한 익시더의 너머로 어린 소녀가 얼핏 보였다.

"하지만 지금은 갖고 있는 것이 없는데."

시우는 혹시라도 강제로 빼앗으려 들까 겁을 내며 말했다.

"어떻게 구할 방법은 없을까?"

그러나 세리카는 간절했다. 세리카에겐 그 포션이 반드시 필요했다.

시우는 잠시 고민했다. 어떻게 대답을 해야 좋을지 알 수 없었다.

시우가 말이 없자 세리카가 다시 입을 열었다.

"필요한 것이 있다면 뭐든지 할게. 이번 임무의 배당금을 달라면 전부 줄 수도 있어."

시우는 눈에 이채를 띠었다.

세리카는 팔다리가 손실된 것도 아닌데 낮의 익시더들보다도 더 포션을 탐내고 있었다.

"뭐든?"

시우가 묻자 세리카가 몸을 움찔거렸다. 괜히 팔로 가슴을 가리며 몸을 가늘게 떨었다.

세리카는 스스로가 아름답다는 것을 자각하고 있었다. 그것도 그럴 것이 이 아름다운 외모 때문에 어린 시절 겪은 고통을 생각하면 당연한 것이었다.

혹시 몸을 요구하려는 것일까?

세리카는 입술을 질끈 깨물었다. 시우가 몸을 요구한다

면 자신은 허락할 수 있을까.

세리카가 날카로운 눈빛으로 시우를 바라봤다.

"뭐든."

대답은 긍정이었다. 세리카는 몸을 팔아서라도 반드시 그 포션을 손에 넣어야만 했다.

시우는 세리카의 대답에 놀랐다. 설마 그 자존심 높은 세리카에게서 이런 대답이 돌아올 줄은 몰랐기 때문이었다.

긴장이 한 순간에 사라졌다. 그 포션을 이용하면 세리카를 두려워할 필요가 없음을 깨달은 것이다.

시우는 고민 끝에 대답했다.

"그럼 들어줘. 너는 앞으로 이 임무가 끝날 때까지 매일 밤 내 천막에 머물러줘."

세리카가 두 눈을 질끈 감았다.

역시!

역시나 예상대로였다. 끔찍한 기분이 들었다. 시우의 목을 베고 싶어서 참을 수가 없었다. 그러나 원하는 것을 손에 넣으려면 참아야만 했다.

"아, 알았다."

세리카는 떨리는 손으로 망토의 단추를 끌렀다.

망토가 벗겨지며 떨어진 쇠단추가 쩔그렁하고 큰 소리를 냈다. 적막과 긴장 속에서 난 소리는 무척 크게 다가왔다. 세리카는 심장이 떨어져 내리는 줄 알았다.

시우의 반응을 살피기 위해 고개를 들었다.

"어?"

시우는 몸을 돌려 누워 실크 이불을 덮고 있었다.

"그게 뭐하는 짓이지?"

세리카가 묻자 시우가 잠꼬대를 하듯 알아듣기 힘든 발음으로 대답했다.

"졸려. 잘 거야. 내가 자는 동안 호위를 부탁할게."

그리고 시우는 잠들었다.

세리카는 한참을 멍하니 그렇게 서있었다.

이게 무슨 상황인지 이해할 수 없었다.

그러나 시우의 부탁은 이 천막에 머물러 달라는 것이었다.

이내 마력이 다했는지 천막에 불이 꺼졌다. 세리카는 다리를 끌어안고 앉아 무릎에 턱을 기댔다.

밤은 길었다. 세리카는 시우를 바라보며 그가 깨어나기만을 기다렸다.

✦

시우는 늦잠을 잤다.

원래라면 해가 뜨기 전에 일어나 두세 시간 리젠을 써도

용병들보다 일찍 천막을 나섰을 시우였지만 워낙에 잠이
부족했다.

식사를 마치고 짐마차가 출발할 시간이 되고서도 시우
는 일어나지 못했다.

용병들은 느긋하게 시우를 기다려주었다.

시우의 능력을 이미 보았으니 그 정도 대우는 당연한 것
이었다.

단 한 가지 마음에 걸리는 것이라면 세리카의 반응이었
는데 세리카는 어딜 갔는지 아침부터 보이지 않았다. 용병
들은 적어도 세리카가 나타나기까지 시우의 늦잠을 허용
하기로 했다.

시우가 요즘 잠이 부족했다는 사실은 알만한 용병은 다
아는 사실이었기 때문이었다.

그리고 머지않아 시우가 일어났다.

천을 열어젖히며 시우가 나오고 그 뒤를 세리카가 뒤따
라 나왔다.

"뭣?!"

용병 하나가 깜짝 놀라 혀를 깨물었다.

그것은 그만큼 믿을 수 없는 광경이었다.

시우가 나오길 기다리던 용병들의 눈이 경악으로 동그
랗게 커졌다.

그 세리카가 남자와 동침을 하다니?

그것도 마법사와?

도무지 믿을 수 없는 광경이었다.

용병들이 그러거나 말거나 시우가 천막을 나서자 짐꾼들이 천막을 거뒀다. 이미 출발 준비는 끝난 상태였다.

용병들은 간밤에 무슨 일이 있었던 것인지 궁금해 죽을 지경이었지만 누구하나 세리카에게 말을 거는 용병은 없었다.

짐마차가 출발하기 시작하자 시우의 곁으로 레쉬가 다가왔다.

"도대체 무슨 일이 있었던 거예요?"

"에? 뭐가요?"

아침에 일어나 리젠을 못한 탓에 아직 잠이 덜 깬 시우가 되물었다.

"세리카 씨와 같은 천막에서 나오셨잖아요? 도대체 어떻게 꼬신 거예요?"

레쉬가 묻자 시우가 탄 짐마차 가까이서 걸음을 옮기던 용병들이 귀를 기울였다.

시우는 그제야 정신이 들어 주위를 둘러보았다.

세리카와 같은 천막에서 하룻밤을 보냈다는 사실이 이런 오해를 불러일으킨다는 사실을 뒤늦게 깨달았다.

하지만 시우가 할 말은 없었다.

뭐라고 말을 한단 말인가? 너희가 야습해 올까봐 세리

카를 호위로 세웠다고?

아니면 너희가 기대하는 대로 뜨겁고 찐한 밤을 보냈다고?

세리카의 후환이 두려워서라도 그런 말은 할 수 없었다.

"상상의 나래를 펼쳐 봐요."

시우의 의미심장한 말에 레쉬와 용병들이 뭐 씹은 표정을 지었다.

그러나 더 이상 시우에게 곤란한 질문을 하는 용병은 나오지 않았다.

그 대신 이상한 헛소문이 돌았다.

시우가 마법으로 세리카를 홀렸네, 아직 어리지만 그것이 대물이네 하는 둥의 소문이었다.

용병들은 시우와 세리카에게 들리지 않게끔 한다는 소리들이었다. 하지만 결국 몇몇이 세리카에게 걸려 헛소리 말라고, 그런 게 아니라고 두들겨 맞아야했다.

본보기로 용병 하나가 실컷 두들겨 맞고 포션을 들이킬 상황에까지 처했다. 그러자 더 이상 시우와 세리카의 일에 대해서 입 밖으로 꺼내는 용병은 나오지 않았다.

카스탄 사냥꾼들이 제페스를 떠나온 이래로 이렇게 조용한 날은 처음이었다.

그 때 카스탄 사냥꾼들의 진로로 두 마리의 카스탄이

나타났다.

각각 암수가 한 마리씩이었는데 아비나 남편이라는 개념이 없는 카스탄들의 생활양식으로 볼 때 부부라기보다는 모자가 아닐까 싶었다.

그러나 수컷 카스탄은 독립을 눈앞에 둔 다 큰 청년 카스탄이었다. 암컷을 만났다고 좋아하기엔 애매한 상황이었다.

하지만 용병이 그러거나 말거나 시우는 좋다고 짐마차를 나섰다.

카스탄 두 마리쯤은 시우 혼자서도 감당할 수 있는 좋은 사냥감이었다. 빨리 경험치를 쌓아 50레벨을 찍어야만 했다.

시우는 먼저 드래곤 페더 보우로 청년 카스탄의 머리를 쏘아 맞췄다. 그걸로 카스탄을 죽이지는 못하지만 적어도 십여 초 동안 행동불능으로 만들 수는 있었다.

청년 카스탄이 화살에 맞고 풀썩 쓰러지자 어미 카스탄이 분노로 포효를 내질렀다. 시우는 부상 마법으로 허공에 떠올라 어미 카스탄을 향해 돌진했다.

마침 놈들은 식사를 위해 사냥을 끝내고 돌아가는 중이었는지 손에는 노루가 들려있었다. 어미 카스탄이 시우를 향해 노루를 집어던졌다.

그러나 그런 걸로는 시우에게 타격을 입힐 수 없었다.

시우는 마법의 척력으로 노루를 튕겨내고 리네에 손을 뻗었다.

아직 시우와 어미 카스탄 사이는 거리가 멀었지만 상관없었다.

리네를 향해 난폭하게 마력을 주입하자 살짝 뽑아든 리네의 칼날이 밝게 빛나기 시작했다. 시우는 빠르게 리네를 뽑아 휘두르며 외쳤다.

"[질풍 칼날!]"

방대한 마력을 품은 검의 궤적이 어미 카스탄을 향해 짓쳐들었다. 어미 카스탄이 그 검격에 반응해 거대한 나무 몽둥이를 휘둘렀지만 그런 걸로는 시우의 공격을 막을 수가 없었다.

서거걱!

어미 카스탄의 목이 떨어지고 그에 맞춰 청년 카스탄이 몸을 일으켰다.

어미의 죽음에 청년 카스탄은 분노하는 것 같았다. 하지만 놈은 시우를 노려보느라 숲을 우회해 접근하는 세리카를 발견할 수 없었다.

서걱!

청년 카스탄은 어미의 뒤를 따라 목이 떨어져나갔다.

"아! 그게 뭐하는 짓이야!"

시우가 언성을 높이자 검을 휘둘러 카스탄의 피를 떨친

세리카가 눈살을 찌푸렸다.

"네가 위험할까봐 도운 거잖아. 뭔가 잘못 됐어?"

"그 놈은 내 사냥감이었다고!"

"어차피 다 같이 협력하는 임무에 그게 무슨 상관이지?"

"경험치가 날아갔잖아!"

시우가 답답해 외쳤지만 세리카는 알아들을 수 없었다. 그것을 알아차린 시우는 더욱 가슴이 갑갑해졌다.

"애초에 내가 위험하건 말건 네가 무슨 상관인데?"

"네가 죽으면 내가 곤란하니까."

시우는 세리카의 말에 간밤의 약속이 떠올랐다. 세리카는 포션을 매우 간절히 바라고 있었다. 그것을 구할 방법은 시우를 통한 것뿐이니 임무가 끝날 때까지 시우를 호위하겠다는 것이 세리카의 입장인 모양이었다.

하지만 그래서는 시우가 곤란했다.

당장 시우의 목적은 레벨업을 하는 것이었다. 이번 임무의 달성량인 카스탄의 피 750리터까지는 이제 200리터가량이 남은 상태였다. 그것은 6마리에서 7마리를 잡으면 달성되는 양이었는데 7마리를 전부 잡아도 레벨이 오를까 말까한 상황에 사냥감을 빼앗기는 것은 문제가 될 수밖에 없었다.

"앞으로 내가 사냥할 때는 끼어들지 마. 알겠어?"

시우가 인상을 찌푸리며 말하자 세리카는 불만스러운 표정을 지었다.

그러나 시우의 말에 대꾸를 하지는 않았다.

그것을 지켜보던 용병들은 입을 헤 벌리고 구경하고 있었다.

세리카의 폭력이 두려워 감히 말을 하진 못했지만 보기에 따라서는 시우와 세리카의 말다툼이 사랑싸움으로 보였기 때문이었다.

흔히 있는 '지아비의 일에 여편네가 끼어들지 마, 하지만 걱정이 되는 걸요, 어허! 이 여편네가!' 하는 대화의 흐름이었기 때문이었다.

용병들은 뾰루퉁한 표정을 지으면서도 시우에게 대꾸도 못하는 세리카의 모습을 지켜보면서 상상의 나래를 펼치고 있었다.

그런 오해가 무르익어 가면서도 사냥은 순조롭게 진행되었다.

세리카를 호위로 둔 뒤 시우는 마음의 짐을 덜어둘 수 있었다. 전보다 더 검술 연마와 드라고니스 훈련에 집중할 수 있었고 용병들의 협력 하에 카스탄의 목을 베는 것은 시우의 역할이라는 것이 암묵적인 룰이 되었다.

밤이 되면 세리카는 시우의 천막을 찾아 들어갔고 아침이 되면 같이 나오는 모습을 매일 아침 목격할 수 있었다.

세리카는 어쩐지 조금 피곤해 보이는 모습이었지만 시우는 점차로 기운을 차렸다.

2일이 더 지났다.

카스탄 사냥이 시작된 지 9일째의 저녁, 암컷 카스탄을 사냥하며 이번 임무의 목표치를 달성했다. 암컷에게는 두 마리의 새끼가 있었는데 시우는 새끼들의 목을 베고도 레벨업을 하지 못해 시큰둥한 표정이었다.

그러나 시우와는 다르게 임무가 끝나 용병들은 속이 시원한 표정들이었다.

데브는 그때까지 한 번도 선보이지 않았던 돼지 훈제구이와 포도주를 풀며 임무 완수를 축하했다. 맥주만으로는 취하지도 않는 주당들은 데브의 큰 손에 환호하며 죽어라 마셔라 술을 퍼마셨다.

시우도 돼지 훈제구이를 맛보고 감탄했다. 훈제구이는 오래 저장할 수 있도록 소금에 푹 절인 후 물에 담가 염기를 빼내 훈연으로 구운 돼지고기였는데 소금기도 적당하고 돼지고기에서 풍기는 은근한 훈제향이 입맛을 돋웠다.

짐꾼들은 술판이 벌어지는 파티에서 멀찍이 떨어져 손가락을 빨고 있었다.

그것을 본 데브가 외쳤다.

"오늘은 즐거운 날이다! 너희도 와서 먹고 마셔라!"

그에 짐꾼들이 환호했다.

술과 고기는 많았다. 짐꾼들은 마치 누가 더 많이 먹나 경쟁이라도 하듯 돼지고기를 입에 퍼 넣었지만 결코 부족하지 않았다.

레쉬가 술잔을 권했다.

시우는 잠시 고민하다가 받아들고 입에 술을 들이 부었다. 어차피 세리카는 술을 마시지 않으니 호위는 그녀에게 맡기고 실컷 취할 생각이었다. 시우는 맥주 이외의 술을 처음 마셔 보았지만 포도주의 달콤 쌉싸름한 맛도 결코 나쁘지 않았다.

시우도 흥이 올라 레쉬에게 술을 권했지만 거절당했다. 포도주는 입맛에 맞지 않는다는 모양이었다.

시우는 아쉬웠지만 혼자서도 열심히 술잔을 기울였다.

마침내 눈앞이 핑 돌았다.

시우는 앉은 자리에서 픽 쓰러져 잠이 들었다.

띠링!

[철퇴 복어의 독에 중독되었습니다. 지속적인 피해를 입습니다.]

시우는 머릿속을 울리는 경고음에 잠에서 깨었다.

팔다리가 마비되어 저리고 두통이 심했다.

중독? 어째서?

시우가 주위를 둘러보니 두통과 복통을 호소하며 음식을 토해내는 사람들이 눈에 들어왔다.

호흡곤란으로 거품을 무는 사람들은 금방이라도 죽을 것 같은 모습이었다.

용병 몇이 품에서 해독제를 꺼내 마셨지만 통하지 않았다.

그것은 코리가 직접 양식해 채취하는 인두 독개구리의 독에만 효과를 보이는 해독제였다. 지금 그들이 중독된 철퇴 복어의 독에는 아무런 효과도 없었다.

그때 시우의 시야로 두 용병이 눈에 들어왔다. 의뢰주인 데브와 레쉬였다. 그들은 중독되지 않았는지 정상적인 모습이었다.

그 순간 불안한 직감이 시우의 뇌리를 스쳤다.

시우는 오른쪽 눈을 가리며 남은 생명력을 확인하고 어렵사리 몸을 일으켜 세웠다.

"레쉬?"

시우가 부르자 레쉬가 시우를 쳐다보았다.

그의 얼굴에는 웃음기가 떠올라 있었다.

"아, 체슈 씨! 아직 안 죽으셨군요?"

레쉬는 시우에게 다가오더니 시우의 품을 뒤지기 시작했다. 시우는 그의 손길에 저항할 힘이 남아있지 않았다.

시우의 얼굴이 찌푸려졌다.

"당신의 짓입니까?"

"뭐, 당연한 것 아니겠어요?"

레쉬는 시우의 품을 뒤졌지만 특별한 것은 찾을 수 없었다. 시우가 아이템창에서 물건을 넣었다 꺼냈다 하는 것은 몇 번이나 보았다. 그래서 큰 물건을 넣어 보관하는 어떠한 마법적 도구가 있을 거라 추측했는데 시우는 옷과 허리에 찬 검을 제외한 어떠한 물건도 갖고 있지 않았다.

시우는 리네를 챙기는 레쉬에게 물었다.

"처음부터 이럴 작정이었습니까?"

리네를 챙겨 몸을 일으킨 레쉬가 큭큭 소리죽여 웃었다.

"이제 곧 죽으실 텐데 그렇게 자꾸 당연한 질문만 하실 생각이세요?"

시우는 눈을 감았다.

충격이었다. 레쉬만은 시우의 아군인 줄 알았다.

질끈 감은 시우의 눈으로 지난 20일간의 추억이 스쳐지나갔다.

전부 다 거짓이었다.

그가 시우에게 보인 호의도, 질책도, 모조리 다!

쨍그랑, 시우의 마음 한편에서 이름 모를 감정이 깨져나갔다.

시우는 아이템창을 열어 해독 포션을 더블 터치했다.

용병들이 갖고 있던 해독제와 다르게 시우의 해독 포션

은 모든 독에 작용하는 만능 해독약이었다.

보랏빛으로 질려가던 시우의 안색이 정상으로 돌아왔다.

시우가 벌떡 일어나 레쉬에게 손을 뻗었다.

"어엇!"

레쉬가 깜짝 놀라 전신으로 마력을 방출했다. 척력으로 몸을 지키려는 행위였다. 그러나 시우도 전신으로 마력을 방출했다. 대신 척력이 아닌 인력을 발휘했다.

척력과 인력이 서로 상쇄되어 레쉬는 시우의 손길에 저항할 수 없었다.

리네를 빼앗았다. 레쉬의 근력으로는 시우의 힘에 저항할 수 없었다.

시우는 리네를 칼집에서 뽑아 무덤덤하게 레쉬의 복부를 깊게 찔렀다.

"어떻게?"

어떻게 해독했지?

레쉬가 물었지만 시우는 대답하지 않았다. 대답할 가치를 느끼지 못했다. 다만 똑같이 되물었다.

"어떻게!"

어떻게 그럴 수가 있어!

리네를 그대로 그어 올려 레쉬의 심장을 썰어버렸다. 부릅뜬 레쉬의 눈빛에서 생명의 기운이 점차로 사라졌다.

시우는 레쉬의 시체를 발로 밟아 버티며 리네를 뽑았다.

시우가 언성을 높이자 데브가 시우를 눈치 챘다. 시우는 중독되어 있으니 충분히 상대가 가능할 거라 생각했는지 칼을 뽑아든 데브가 덤벼들었다. 그러나 데브는 시우의 상대가 될 수 없었다.

"질풍 칼날."

그어 올린 리네에서 거대한 칼날이 솟아나왔다. 데브가 원력을 끌어올리며 그에 저항했지만 데브의 검은 단숨에 잘려나가고 전신이 두 조각으로 쪼개졌다.

띠링!

[레벨이 1 상승하셨습니다.]

[레벨업 효과로 생명력과 마력, 원력이 회복됩니다.]

[스탯 포인트가 2개 자동분배 됩니다. 남은 스탯 포인트가 3개 상승합니다.]

[모든 상태이상 효과가 회복됩니다.]

시우의 애초 목적이었던 50레벨을 달성할 수 있었다.

시우는 차가운 눈빛으로 데브와 레쉬의 시체를 바라보며 읊조렸다.

"고맙다. 이번 임무는 충분한 경험이 되었어."

그리고 시우는 등을 돌렸다.

용병들과 짐꾼들이 죽어가고 있었다. 시우의 해독 포션을 사용하면 충분히 살려낼 수 있는 사람들이었다.

물론 시우가 그들을 도와줄 필요는 없었다. 하지만 여기서 그들의 죽음에서 고개를 돌리고 개인적인 이득만 취한다면 레쉬와 다를 것이 없다는 생각이 들었다.

시우는 레쉬에게 강한 배신감과 반감을 느끼고 있었다.

시우는 결코 레쉬 같은 사람만은 되고 싶지 않았다.

Respawn

NEO FUSION FANTASY STORY & ADVENTURE

11장.
귀가

리스폰

시우는 서둘렀지만 상황은 심각했다.

결과적으로 궁병이 4명, 익시더가 1명, 짐꾼이 10명 죽었다.

시우의 도움으로 겨우 목숨을 건진 나머지 용병들은 쉽게 입을 떼지 못했다. 그만큼 데브와 레쉬의 배신은 충격적이었다.

특히 데브는 용병이나 짐꾼 모두에게 상냥하고 공손한 인격적 의뢰주였기 때문에 용병들이 받은 정신적 충격은 이루 말할 수 없을 정도였다.

조용한 가운데 시우를 향한 감사의 목소리만이 간간히 흘러나왔다.

"면목 없다."

시우에게 해독 포션을 받아 마신 세리카가 말했다.

그러나 시우는 대꾸하지 않았다. 이번 사태는 정말 예측 불허의 사건이었다.

세리카의 탓은 할 수 없었다.

시우는 짐꾼들을 시켜 죽은 용병과 짐꾼들의 시체를 태웠다. 그 옆에는 데브가 독을 탄 돼지 훈제구이와 포도주를 쌓아놓고 불을 질렀다.

다만 데브와 레쉬의 시체는 일체 건드리지 못하도록 했다.

이곳 헤카테리아에서 화장이란 시체를 추하게 훼손당하지 않도록 처리하는 장례였는데 굳이 데브와 레쉬의 시체에 그런 예의는 차릴 필요가 없다는 것이 시우의 생각이었다.

용병들과 짐꾼들도 시우의 처우에 동조했다. 그들 때문에 죽을 뻔한 것을 생각하면 그들의 시체에 오줌이라도 휘갈기고 싶은 것이 그들의 기분이었다.

시우는 그들의 시체를 뒤졌다. 그들의 혁대에는 각각 하나씩의 돈주머니가 달려 있었는데 데브는 11파운드 가량의 돈을, 레쉬는 6파운드 가량의 돈을 가지고 있었다.

특히 데브의 혁대 주머니에는 포션도 6개나 들어 있었다.

하급 포션

효과– 생명력을 1초당 2포인트씩 회복한다.

회복량– (29/29)

설명– 쟈탄의 피에서 추출한 생명력이 담긴 물약. 섭취 시 상처를 빠르게 회복한다.

마시자마자 바로 생명력이 회복되는 시우의 포션과는 다르게 초당 회복량이 붙어 있는 포션이었다. 아마 그것은 최고급의 포션이라도 그다지 다를 것은 없을 것 같았다.

시우는 돈주머니와 포션을 아이템창에 챙겨 넣었다.

짐꾼들이 시체를 태우기 전에 챙겨둔 유품들을 시우에게 가져왔다. 의뢰주인 데브가 죽었기 때문에 시우에게 처리를 맡기려는 모양이었다.

시우는 잠시 주저했지만 전부 아이템창에 챙겨 넣었다.

죽은 자는 죽은 것이고, 산 자는 살아야만 했다.

그들을 살리기 위해 최선을 다한 시우는 켕길 것도 없었다.

"이 은혜를 어떻게 갚을까요."

타오르는 시체에 둘러서서 말없이 바라보던 용병이 문득 입을 열었다.

시우는 말없이 생각을 정리했다.

세리카나 시우에게 비교되어 그렇지 사실 이들도 제페스에선 난다 긴다 하는 용병들이었다.

"은혜라고 생각한다면 나중에 기회가 생길 때 갚아주세요."

돈은 이미 충분했다. 지금 시우에게 부족한 것이 있다고 한다면 그것은 세상 경험이었다. 이번 임무로 참 많은 일은 겪은 시우는 스스로에게 세상 경험이 매우 부족하다는 것을 인식하고 있었다.

이런 거친 세상에서 경험이 많은 용병들에게 빚을 지워두는 것이 돈을 받아내는 것보다 도움이 될 것 같았다.

그런 시우의 합리적인 사고방식은 모른 채 용병들은 두 주먹을 불끈 쥐었다. 겉으로 내색은 안 해도 시우를 존경하는 마음이 절로 피어났다.

시체가 다 타오르기까지 자리를 지키고 서있던 카스탄 사냥꾼들은 잿더미를 뒤로하고 걸음을 재촉했다.

제페스까지는 거리가 멀었다.

귀로는 평탄했다.

짐마차에 챙겨둔 카스탄의 가죽에서 풍기는 누린내 탓에 코리의 습격도 없었다.

도중에 짐꾼 하나가 갑자기 쓰러졌다. 철퇴 복어의 독을 해독하긴 했는데 이미 장기기능이 많이 훼손된 상태라서 회복의 시간이 필요했다. 시우는 쓰러진 짐꾼을 짐마차에 태우고 다시 걸음을 재촉했다.

해가 저물고 짐마차가 멈춰 섰다.

짐꾼들은 서둘러 천막을 치기 시작했고 살아남은 3명의 궁수와 몇몇 익시더들이 저녁거리를 구하기 위해 무리를 벗어났다.

원래는 데브가 사용하던 크고 화려한 천막이 시우에게 배급되었다. 시우는 곤란해 했지만 용병들은 물론 세리카도 이의는 제기하지 않았다.

시우를 잠재적인 리더로 인정한 것이었다.

그쯤 되자 시우도 굳이 거절하지는 않았다. 그들을 구해 준 대가라고 생각하니 마음이 편해졌다.

시우는 말없이 천막에 들어오는 세리카를 멀뚱히 바라봤다.

그 시선에 부담을 느낀 세리카가 조금 얼굴을 붉혔다.

"뭐야. 왜 그렇게 쳐다봐?"

"아니, 너에 대한 소문이 떠올라서."

"소문?"

세리카가 눈살을 찌푸렸다.

원래 소문이라는 것이 좋은 소문도 있고 나쁜 소문도 있지만 세리카에게 소문이란 부정적인 느낌밖에 들지 않았기 때문이었다.

"과거에 마법사가 실수해서 팔을 잘라낸 적이 있다던데 사실이야?"

시우의 질문에 세리카가 한숨을 푹 내쉬었다.

"그건 어디서 들은 소문이야?"

"레쉬한테서."

분위기가 숙연해지려하고 있었다.

시우는 급히 물었다.

"그래서 그 소문은 사실이야?"

"결과만 말하자면 사실이다."

세리카의 대답에 시우는 침묵했다. 뭔가 변명거리나 이유를 말해주길 기다렸지만 세리카는 그럴 생각이 없는 모양이었다.

"그게 끝이야? 뭔가 해명할 이야기는 없고?"

"이런 이야기가 왜 궁금하지?"

"나도 마법사니까. 혹시 뭔가 실수라도 했다가 팔이 잘리면 곤란하잖아?"

시우의 농담 같은 소리에 세리카가 시우를 멀뚱히 쳐다봤다.

그 싸늘한 눈빛에 시선을 피할 법도 한데 시우는 태연하게 마주 바라보고 있었다.

결국 항복한 것은 세리카였다. 자신을 겁내지 않는 상대는 오랜만이었다. 뭔가 자꾸 페이스를 잃어버리는 기분이 들었다.

"그 놈이 마력 컨트롤의 연습이라며 새의 날개를 꺾고 있더군. 그래서 그만하라고 했지."

"그랬더니?"

"그랬더니 놈이 새를 대신해서 연습상대가 되어주면 그만두겠다고 하더군."

"그래서?"

"그래서 놈의 연습상대가 되어 줬지. 마력을 이용해 몸을 속박하고 자꾸 몸을 만지려 들기에 팔을 잘라버렸다."

시우는 쯧쯧 혀를 찼다.

"결국 놈의 실수는 널 알아보지 못했다는 것이군."

"당시엔 아직 은빛 폭풍이라는 이름도 붙지 않았던 신입 용병이었으니까."

시우는 눈을 동그랗게 떴다.

"은빛 뭐? 그게 뭐야?"

시우의 반응에 세리카는 말실수를 했다는 반응이었다.

"…내 별호."

세리카가 얼굴을 붉히며 고개를 숙였다.

계속 놀려주고 싶어지는 귀여운 표정이었다.

"에 뭐야. 그런 별호를 갖고 있었단 말이야? 처음 들었어!"

"그, 그러는 너도 베헬라의 마법사라는 요상한 별호를 갖고 있잖아! 남 말할 처지는 아닐 텐데!"

세리카가 날카로운 눈빛으로 째려보았다.

시우는 두 손 들어 항복표시를 했다.

"워워. 알았어. 진정해. 누가 뭐래? 은빛 폭풍이라니 멋진 별호구만 뭘."

그러나 세리카의 날카로운 눈빛은 누그러지지 않았다.

시우는 급하게 천막을 나섰다.

"어음, 슬슬 사냥이 끝날 때가 됐는데. 나도 한 번쯤 요리라도 도울까나."

밖으로 나와 보니 궁수들이 노루를, 익시더들이 맷돼지를 짊어지고 나타났다. 시우는 그들을 반기며 아이템창에서 향신료들을 꺼냈다.

용병들이 내장을 제거하고 가죽을 벗기자 시우가 그것을 받아 향신료를 뿌리고 구웠다.

확실히 라이나에게 받은 향신료의 질이 좋기 때문인지 시우가 구운 고기는 맛과 향이 좋았다.

아직 짐마차에 맥주가 많이 남은 것이 떠올라 마법으로 차게 만들어 용병과 짐꾼들에게 베풀었다.

어딘지 모르게 어두웠던 분위기가 조금씩 들뜨면서 용병들이 기운을 차렸다.

그것을 지켜보고 있으니 어쩐지 안심되는 마음이 느껴졌다.

시우는 천막으로 돌아와 리젠을 사용하며 드라고니스를 연습했다.

드라고니스도 이제 충분히 숙련도가 올라서 새로운 마법을 시도할 수 있을 것 같았다.

시우는 세리카가 천막에 돌아오기를 기다렸다가 잠이 들었다.

귀로는 시우의 재촉 덕분인지 굉장히 빨랐다.

제페스에서 탄즈 산맥까지 열흘이 걸렸던 것에 반해 귀로는 일주일 만에 돌아왔으니 얼마나 빨리 이동했는지 알 수 있는 대목이었다.

그러나 제페스에 도착했다고 일이 다 끝난 것은 아니었다.

시우는 쟈탄의 피 3배럴과 카스탄의 피 5배럴, 그리고 카스탄의 가죽 25장을 아이템창에 넣었다.

쟈탄과 카스탄의 피는 굉장히 비싼 품목이었기 때문에 그것을 짐마차에 싣고 들어갔다간 엄청난 세금을 물어야 했기 때문이었다.

다행히 시우의 재치 덕분에 카스탄 사냥꾼들은 소정의 통행세만 지불하고 제페스에 들어갈 수 있었다.

시우는 먼저 짐꾼들의 수당부터 정산하기 시작했다.

원래 30일을 예상했던 임무는 26일 만에 끝이나 짐꾼들의 두당 수당은 260페니였다. 짐꾼들은 10명이 죽어 20명이 남았으니 22파운드 가량을 짐꾼들의 수당으로 지불해야 했다.

시우에게는 굉장히 큰돈이었지만 잔말 않고 지불한 데에는 다 이유가 있었다.

시우는 용병들의 용인 가운데 이 임무의 의뢰주를 자처하고 있었다. 용병들의 배당은 카스탄의 피를 팔아 나온 돈을 용병들의 수만큼 나누는 것이었는데 그 이외의 수익은 전부 의뢰주의 차지라는 것이 이 계약의 주체였다.

말하자면 카스탄의 피를 제외한 이번 임무의 수익, 쟈탄의 피와 카스탄의 가죽은 의뢰주의 차지라는 이야기였다. 그뿐만이 아니었다. 데브가 제공한 10마리의 말, 5대의 마차 또한 시우의 차지가 되었다.

그 모든 것을 감안하면 짐꾼들의 수당 정산은 결코 손해가 아니었다.

수당을 정상적으로 지급받은 짐꾼들이 재빨리 흩어졌다. 이 거리의 양아치들에게 돈이 있다는 사실이 들키면 모조리 털릴 수도 있었기 때문이었다. 짐꾼들은 되도록 몸 상태가 건강한 남자들로 뽑는 것이 정상이었지만 잘 먹고 잘 사는 주먹패들에게는 상대가 되지 못했다.

시우는 용병들을 이끌고 먼저 마법사 길드를 찾아갔다.

쟈탄의 피나 카스탄의 피는 그것을 가공할 수 있는 연금술사에게 팔아야 했는데 연금술사들은 따로 길드가 없고 마법사들과 연합해 공생을 한다는 이야기를 들었기 때문이었다.

그러나 마법사 길드를 찾은 시우는 그곳의 사무직원에게 청천벽력과 같은 소식을 들어야만 했다.

"죄송합니다. 그렇게 많은 매물을 전부 구입하기에는 자금이 부족합니다. 쟈탄의 피 3배럴과 카스탄의 피 2배럴까지는 어떻게 구입이 가능합니다만, 그 이상은……."

사실 제페스 같이 큰 도시이기 때문에 이마저도 구입할 수 있는 것이지 작은 마을의 마법사 길드였다면 카스탄의 피를 배럴통 단위로 구입하는 것은 어려웠을 것이다.

시우는 어쩔 수 없이 팔 수 있는 것들만 먼저 팔아넘기기로 결정했다.

"어음으로 결제해 드릴까요?"

워낙에 많은 화폐가 오가는 거래다보니 편의를 위한 사무직원의 제안이었다. 그러나 시우는 고개를 저었다. 어차피 아이템창이 있기 때문에 화폐의 무게는 별다른 문제가 되지 않았다.

덕분에 사무직원이 식은땀을 흘리며 발품을 팔아야 했지만 시우가 신경 쓸 문제는 아니었다.

시우는 100킬로그램에 가까운 금화 3,500파운드를 아이템창에 넣고 다시 걸음을 옮겼다.

마법사 길드에서도 구입하지 못한 카스탄의 피 3배럴을 구입할 수 있는 조직은 한 곳 뿐이었다.

그것은 바로 상인 길드. 그들의 자금력이라면 아마 마법사 길드를 거치지 않고도 모든 물품을 매매할 수도 있었을 것이다. 그러나 먼저 그곳을 찾지 않은 이유는 아무래도 그들이 상인이다 보니 제대로 된 이득을 취하기가 쉽지 않을 것이라는 추측 때문이었다.

상인 길드를 찾아가 사무직원에게 카스탄의 피 3배럴을 팔고 싶다고 이야기하자 사무직원이 상인을 데리고 나타났다.

상인이 제안했다.

"카스탄의 피 3배럴이면 1,800파운드에 구입해 드리겠습니다."

말도 되지 않는 소리였다.

시우가 거절하려들자 상인이 설명했다.

어차피 상인 길드를 찾아왔다는 것은 마법사 길드에서도 자금이 부족해 구입하지 못하는 매물일 것이 뻔하고, 결국 그것을 팔기 위해선 다른 마을로 이동해 팔아야 하는데 통행세가 2할이니 나갈 때 600파운드, 들어갈 때 600파운드의 손실이 있을 수밖에 없다는 소리였다.

그에 반해 상인 길드에선 소정의 뇌물만 찔러주면 통행세는 무마할 수 있으니 발품 팔아 똑같은 수익을 얻을 것이라면 우리들 상인 길드에 팔아넘기는 게 이득이라는 것이 상인의 설명이었다.

만약 상인의 상대가 아이템창을 가진 시우가 아니었다면 그럴 듯한 이야기였다.

시우는 당연히 상인들에게 카스탄의 피를 팔 생각이 없었지만 일단 상인들이 제시한 가격을 용병들에게도 전달했다.

용병들도 상인 길드에 찾아올 때부터 이렇게 될 줄은 알았는지 큰 이의는 없었다.

시우는 그 자리에서 계산을 시작했다.

마법사 길드에서 판 카스탄의 피는 2,000파운드. 상인 길드에 카스탄의 피를 팔면 1,800파운드. 합치면 3,800파운드. 살아남은 용병의 수는 익시더가 8명, 궁수가 3명, 마법사가 2명. 총 13명. 용병들의 배당금은 292파운드. 익시더 중 6명이 각각 시우에게 50파운드씩 빚을 졌으니 시우의 배당금을 제외하고 용병들에게 정산할 총 금액은 3,204파운드였다.

즉, 상인 길드에 카스탄의 피 3배럴을 팔지 않아도 현재 소지하고 있는 3,500파운드의 돈으로 배당금을 지불하는 것이 가능하다는 계산이 나왔다.

시우는 피식 웃음을 터트리며 각 용병들에게 배당금을 지불했다.

용병들의 배당금을 전부 지불하고도 무려 296파운드가 남았다. 시우는 돈을 지불받고 흩어지는 용병들을 지켜보았다.

과묵한 마법사가 멀뚱히 시우를 쳐다보다가 입을 열었다.

"그간 감사했소. 언젠가 다시 보기를 바라오."

시우는 과묵한 마법사의 목소리를 처음 들어 깜짝 놀랐지만 이내 씩 웃으며 대답했다.

"저 또한 다시 만나길 기대하겠습니다."

그렇게 용병들이 모두 흩어지고 세리카만 남았다.

시우는 그녀의 시선을 받아 넘기고 다시 상인 길드를 들렀다. 하지만 카스탄의 피를 팔기 위한 것은 아니었다.

"말 10마리, 짐마차 5대는 얼마에 사실 수 있죠?"

카스탄의 피를 팔러 오는 것이라 생각했던 상인의 표정이 일그러졌다.

"말은 두 당 8파운드, 짐마차는 중고임을 감안해서 대당 10실링에 쳐드리겠소."

어차피 상인의 제안이니 어느 정도 손해는 있을 것이라 생각했지만 시우는 흥정도 않고 말과 마차를 전부 팔았다.

거기서 끝이 아니었다. 시우는 연이어 무두장이들을 찾아가 카스탄의 가죽을 팔았다. 무두장이들은 성인 카스탄의 가죽을 장당 10파운드, 어린 카스탄의 가죽을 5파운드에 전부 구입했다.

가죽을 팔아 번 돈이 총 225파운드.

아직 아이템창 속에 건재한 카스탄의 피 3배럴을 제외하고도 무려 603파운드의 수익을 낼 수 있었다.

시우는 돈을 아이템창에 넣어 정리하고 집으로 걸음을 옮겼다.

조금 떨어진 거리에서 세리카가 그 뒤를 따랐다.

시우는 조금 난감한 기분을 느끼면서 걸음을 멈췄다. 그러자 세리카도 조금 떨어진 거리에서 걸음을 멈추고 그 자리에 섰다.

"언제까지 따라오려고 그래?"

"포션을 받을 때까지."

세리카의 즉답에 시우는 당황해 고개를 끄덕였다. 그야 당연한 이야기였다. 하지만 시우로선 난감한 이야기가 아닐 수 없었다.

혹시라도 강제로 빼앗길까 지금은 갖고 있지 않다고 거짓말을 했으니 포션을 주려면 먼저 집에 들려야 했다. 그런데 세리카를 데리고 가자니 집의 위치가 발각 되는 것이 신경 쓰였던 것이다.

내심 세리카는 고작 포션이나 리네 같은 물질 때문에 사람을 죽일 인물은 아니라고 믿었지만 혹시 모르는 일이었다. 세리카는 아직도 스스로의 정체를 숨기고 있었고, 이미 뼈아픈 배신도 두 번이나 겪었다.

"지금은 포션이 없으니 내일 다시 만나는 걸로 약속을 잡자."

시우가 제안하자 세리카가 불안한 표정을 지었다.

"하지만……."

그러나 시우도 이것만은 양보할 수 없었다.

시우는 짐짓 화난 표정을 지으며 입을 열었다.

"설마 날 못 믿는 거야?"

"그! 그건 아니지만……."

세리카의 목소리가 기어들어갔다.

평소의 그녀라면 결코 보이지 않았을 약한 모습이었다.

여자의 몸으로 용병을 하게 되면 귀찮은 일이 많아 지금까지는 일부러 차갑고 고압적인 태도를 연기해왔다. 하지만 시우는 세리카의 목숨을 두 번이나 구했다. 그런 그에게는 어쩐지 평소의 태도를 유지하기가 쉽지 않았다.

시우는 그런 세리카의 반응에 화난 표정을 지웠다.

"그럼 내일 다시 만나자. 혹시 남문 근처에 있는 바람 여관을 알아?"

세리카가 고개를 끄덕였다.

"그럼 점심에 거기서 만나자."

세리카가 입을 뻥긋거리며 뭐라고 말을 하려 했지만 시우는 차갑게 등을 돌렸다. 더 이상은 나눌 말이 없다는 태도에 세리카는 입을 다물고 멀어지는 시우의 등을 바라보고 있었다.

시우는 혹시라도 세리카가 따라올까 촉각을 곤두세웠지만 별다른 기척은 느껴지지 않았다. 그래도 혹시 몰라 시우는 거리를 빙글빙글 한참을 돌고 나서야 집으로 향했다.

정말로 긴 한 달이었다.

끼이익!

기름칠을 안 한 탓에 대문에서 큰 소리가 났다. 그것을 들었는지 집 안에서 통탕거리는 인기척이 느껴졌다.

이내 문이 열리며 불안한 표정의 소녀가 빼꼼 고개를 내밀었다.

"체슈님!"

"루리."

루리는 조금 놀란 표정이었다. 하지만 그것도 잠시 그녀의 큼지막한 눈에 눈물이 고이더니 울음을 참지 못하고 터트렸다.

"체슈님! 흐아앙!"

루리가 갑자기 시우의 품으로 달려들었다.

시우는 당황했다.

갑자기 끌어 안겨 어쩌면 좋을 지 알 수 없었다.

루리를 같이 안아줘야 할까? 머리를 쓰다듬어 줘야 하나?

시우가 고민하는 사이 루리는 퍼뜩 정신을 차리고 시우의 품을 벗어났다.

시우는 왠지 아쉬움을 느꼈다.

"죄, 죄송해요. 돌아오시지 않는 줄 알고 저도 모르게 그만."

"그래."

루리의 어깨 너머로 로이도 보였다.

"어, 형아님이다!"

로이의 말에 루리가 화들짝 놀랐다.

"로이! 형아가 아니라 체슈님이라고 불러야지!"

루리의 닦달에 로이는 시무룩한 표정을 지었다.

"아냐. 됐어. 그냥 형이라고 불러. 루리 너도 그냥 편하게 오빠라고 부르고."

안 그래도 체슈님이라고 불릴 때마다 닭살이 돋던 차였다. 시우가 지시하자 루리는 머뭇거렸다. 시우를 오빠라고 부르는 것이 힘든 모양이었다.

그러나 잠시 후 결국 입을 떼었다.

"체슈 오, 오빠."

시우는 싱긋 웃었다.

테트라를 떠나온 지 한 달 가량이 지났다. 리네에게 반 년 간 오빠라고 불려서일까? 오빠라는 호칭이 익숙하고 듣기에도 좋았다.

그때 갑자기 로이가 시우의 허벅지에 매달렸다.

"체슈 형아! 육포 주세요!"

시우는 루리를 보며 물었다.

"저녁은 아직이야?"

"아, 예."

시우의 시선으로 비쩍 마른 루리와 로이의 팔이 보였다. 시우가 없던 한 달 동안 푹 쉬었을 테지만 여전히 먹는 것은 부족한 모양이었다.

가만히 생각해보니 그럴 수밖에 없었다는 것을 알 수 있었다. 짐꾼으로 일해 15실링 가량의 돈을 벌었지만 한 달을 이곳에서 기다리라고 했으니 혹시라도 시우가 돌아오지 않을 상황에 대비해 돈을 막 쓸 수는 없었을 것이다.

"아, 그러고 보니 이거……."

루리가 품속에서 누리끼리한 금화를 꺼내 들었다.

공무원이 찾아오면 내라고 주었던 집세였다. 생각보다 일찍 돌아온 탓에 아직 공무원은 찾아오지 않은 모양이었다.

시우는 루리에게서 파운드를 받아들었다.

"음, 오늘은 외식이라도 할까?"

아마 집에는 루리와 로이가 먹을 식량밖에 없을 것이라는 생각이 들었다. 이제 재정적으로도 여유가 있다 보니 루리와 로이에게 맛난 것을 먹이고 싶은 욕심이 생겼다.

루리는 그럴 필요가 없다고 사양하고 로이는 외식이 뭐냐고 먹는 거냐고 고개를 갸웃거렸다. 시우는 반강제적으로 루리와 로이를 데리고 집을 나왔다.

먼저 향한 곳은 시청이었다.

외성의 식당이라고 하면 대부분이 여관에 딸린 비전문적인 곳들이었다. 시우는 되도록 맛난 것을 먹이고 싶었고 그러한 식당은 내성으로 들어가야만 볼 수 있었다.

내성으로 들어가려면 일단 시민권이 필요했으니 시청에서 시민권을 구입하려는 생각이었다.

시우가 막무가내로 시청에 들어가 시우를 비롯한 루리와 로이의 시민권을 구입하자 루리는 반쯤 울먹이는 표정이 되었다. 시민권이 하나에 3파운드였으니 단지 통행을 위해서만 9파운드를 사용한 꼴이었다. 그런 큰돈은 만져본 적도 없는 루리에겐 큰 부담으로 느껴졌다.

시우는 루리를 달래면서 보무도 당당하게 내성으로 향했다. 통행을 가로막는 경비병에게 시민권을 보여주니 통과할 수 있었다.

시우는 문을 통과하자마자 보이는 식당으로 들어갔다.

제법 예쁘게 차려입은 웨이트리스가 손님을 맞이했다.

"어서 오십시오! 놀란 레스토랑에 오신 것을 환영합니다. 자리는 이쪽으로 오시기 바랍니다."

시우는 웨이트리스의 안내에 뒤따라 자리를 옮겼다. 레스토랑 내부의 인테리어가 제법 화려했다.

천장에는 마력으로 빛을 밝히는 마광구가 여럿 박혀있었는데 유리 조형물로 꾸며 놓아 은은하게 빛나며 고급스러운 분위기를 조성하고 있었다.

시우가 자리에 앉고 쭈뼛거리던 루리가 그 뒤를 따랐다. 차라리 아무것도 모르고 손가락만 빠는 로이가 더 당당한 모습이었다.

모두 자리를 잡고 앉아 이번에는 웨이트리스가 메뉴판을 내밀었다.

"무엇을 주문하시겠습니까?"

시우는 대충 메뉴판을 훑어보았다. 그러나 난감하게도 시우가 알아볼 수 있는 요리는 몇 가지 되지 않았다. 마치 외국어처럼 알아들을 수 없는 이름의 요리가 한가득 했던 것이다.

시우는 메뉴 중에 비프 스테이크가 있다는 것을 발견하고 말했다.

"비프 스테이크를 3인분."

"굽기는 어떻게 하시겠습니까?"

굽기라. 레어나 미디엄, 웰던 같은 걸 말하는 걸까?

시우는 당당하게 물었다.

"그게 뭐죠?"

그러나 웨이트리스는 표정 하나 바뀌지 않고 설명했다. 속으로 무슨 생각을 하고 있을지는 몰랐지만 적어도 손님에게 불쾌감을 주지 않는 태도는 프로라 할 수 있었다.

시우는 웨이트리스의 설명을 전부 듣고 미디엄에 해당하는 굽기를 주문했다.

"와인은 어떻게 하시겠습니까?"

"추천하는 와인은 있나요?"

"가장 보편적이고 맛좋은 레드와인이 있습니다. 와인년 1277, 보르엔……."

웨이트리스가 와인에 대한 설명을 늘어놓으려하자 시우는 그녀를 제지했다. 어차피 들어도 모르는 소리들이었다.

"그걸로 한 병 갖다 주세요."

"예. 알겠습니다."

시우의 주문에 웨이트리스가 주방으로 향했다.

잠시 후 돌아오는 그녀의 쟁반 위에는 포도주가 한 병 놓여있었다.

웨이트리스는 루리와 로이, 그리고 시우의 앞에 와인잔

을 하나씩 놓아두고 물었다.

"와인을 개봉해도 좋을까요?"

시우가 허락하자 웨이트리스는 와인의 코르크 마개를 조심스럽게 개봉하고 각자의 와인잔에 레드와인을 따랐다.

아직 어린 로이에게까지 와인을 따르는 모습이 시우에 겐 문화충격이었지만 애초에 맥주를 식수로 사용하는 곳이다 보니 그냥 그런가보다 하고 넘겼다.

웨이트리스가 고개 숙여 인사하고 물러나자 시우는 와인잔을 휘휘 돌리고 와인잔 내부에서 휘몰아치는 향을 즐겼다.

시우는 이곳의 와인 시음법 같은 것은 몰랐지만 이 정도 순차는 상식으로 알고 있었다.

시우의 기묘한 행동에 루리도 로이도 시우를 따라 흉내 냈다. 로이가 실수로 와인을 흘리며 와악! 하고 큰 소리를 냈지만 신경 쓰지 않았다.

레드와인으로 입술을 축이니 달콤하고 풍만한 향이 식도를 타고 코를 가득 채웠다.

시우는 기묘한 눈빛으로 와인을 보다가 다시 크게 한 모금을 삼켰다.

데브가 독을 탔던 포도주는 맛을 이미 보았지만 이 레드와인은 그런 포도주와는 비교가 되지 않았다.

무엇보다 맛이 부드러워 레드와인을 맛보자 식욕이 돋는 것을 느낄 수 있었다.

애피타이저의 개념으로 레드와인을 먼저 내온 모양이었다.

놀란 것은 시우뿐이 아닌 듯 루리는 레드와인을 맛보고 놀라 입을 가리고 있었다. 그녀의 평생에 이처럼 맛있는 음료는 처음 먹어 본다는 반응이었다.

그에 반해 로이는 레드와인이 무슨 물이라도 되는지 입에 들이 붓고 입맛을 쩝쩝 다셨다.

레드와인으로 식욕이 돋자 비프 스테이크를 기다리는 시간에 몸이 달았다. 빨리 식사를 시작하고 싶어 참을 수가 없었다.

그리고 곧이어 웨이트리스가 수레를 끌고 다가왔다. 그 위에는 보기 좋게 꾸며진 비프 스테이크가 올라가 있었다.

수레가 다가옴에 따라 풍기는 고기와 소스의 향이 코를 자극했다.

웨이트리스가 요리를 식탁에 올리자 시우는 더 이상 참을 수 없었다. 웨이트리스가 인사를 하고 떠나가기도 전에 나이프와 포크를 집어 들어 스테이크를 썰기 시작했다.

그런 시우를 보고 루리와 로이도 스테이크를 썰어 고기

를 입에 집어넣기 시작했다.

맛이 정말 좋았다. 메뉴판에서 보았던 가격이 결코 아깝지 않은 맛이었다.

이런 요리는 이곳으로 넘어오고 처음이었다.

어쩌면 라이나의 수프와 비견될 맛이 아닌가 싶을 정도였다.

하지만 그릇은 순식간에 비워졌다. 시우에겐 조금 양이 부족했다. 루리와 로이는 그것만으로도 충분했는지 배를 쓰다듬고 있었다.

그들의 행복한 표정을 보니 그제야 마음이 풀리는 기분이 들었다.

야습과 배신에 상처 입은 마음이 보상을 받는 기분이었다.

식사를 끝내니 이번에는 디저트로 케이크가 나왔다. 어쩐지 스테이크보다 양이 많다는 느낌이었지만 조금 양이 부족했던 시우에게는 환영할 만한 일이었다.

루리와 로이가 케이크를 맛보고 깜짝 놀라는 표정을 지었다. 이토록 단 음식은 처음 먹어보기 때문이었다. 그러나 이미 배가 가득 찬 루리와 로이는 케이크를 먹는 것이 버거운 표정이었다.

"나중에 또 오면 되니까 억지로 먹지는 말아. 그러다 탈 나겠다."

시우가 우려의 말을 건네자 아이들이 아쉬운 표정으로 스푼을 내려놓았다.

식사를 끝낸 듯하자 웨이트리스가 계산서를 들고 나타났다. 가격은 제법 비쌌지만 오랜만에 만족스러운 식사였기 때문에 결코 아깝지 않았다.

시우는 계산을 마치고 웨이트리스에게 1실링을 팁으로 주었다. 이곳의 문화에선 당연한 것이기도 했지만 웨이트리스의 서비스에 고맙다는 답례의 표시이기도 했다.

돌아오는 길은 즐거웠다.

루리도 쭈뼛거리던 것이 사라지고 붉게 상기된 표정이 즐거워 보였다.

"외시익! 외시익! 마앗있는 외시익!"

로이의 흥얼거리는 모습에 절로 미소가 피어올랐다.

시우는 돌아가는 길에 집에 침대가 하나뿐임을 떠올리고 침대 세트를 하나 구입했다. 기존의 침대는 루리와 로이가 계속 같이 쓰게 두고 이번에 구입한 침대는 시우가 쓰려고 산 물건이었다.

시우는 침대 세트를 구입하면서 실크 이불도 2개 구입했다.

집에 돌아오고 시우가 침대를 설치하기 시작하자 루리와 로이는 금방 쓰러져 잠이 들었다.

시우는 아이들을 바로 눕히고 실크 이불을 덮어준 뒤

리젠을 쓰다가 잠이 들었다.

✦

날이 밝자 시우는 루리와 로이에게 외출을 하겠다고 알리고 가구와 식기, 식재료들을 구입한 뒤 점심때가 되자 바람 여관으로 향했다.

바람 여관에 들어가 세리카를 찾은 시우는 순간 말을 잃었다.

세리카는 일상복을 입고 있었다.

그것도 평소의 이미지와는 전혀 다른 캐주얼한 복장을 하고 있었는데 그 모습이 얼마나 잘 어울리는지 바람 여관의 손님들이 세리카의 모습을 훔쳐보느라 음식이 입으로 들어가는지 코로 들어가는지도 모를 지경이었다.

세리카는 하얀 원피스를 입고 있었는데 원피스는 허리에서 라인을 잡아주고 허벅지까지 나팔꽃 모양으로 하늘하늘 늘어지는 플레어 원피스였다.

이곳 여인들은 허리 라인을 잡아주는 코르셋이 기본 장비일 정도로 다들 옷 안에는 코르셋을 받쳐 입기 마련이었는데 세리카는 그런 것도 없었다.

세리카가 입은 플레어 원피스는 허리 라인을 폭이 넓은 띠, 리본으로 조여 날씬한 몸매를 강조하는 종류의 옷이었다. 스스로의 몸매에 자신이 없으면 결코 입을 수 없는 종류의 옷.

그렇다고 세리카가 허리에 리본을 묶은 것은 아니었는데 그 허리에는 리본 대신 모험자용 다용도 혁대와 검이 채워져 있었다.

신발 또한 당장 모험을 나서도 괜찮을 튼튼한 가죽구두를 신고, 양말은 무릎 위까지 올라오는 하얀 원단에 레이스로 마무리해 허벅지를 꾸미는 매력적인 모습이었다.

허리에 차고 있는 검이 세리카답다는 느낌이었지만 전체적으로 경험 많은 용병이라기보다는 아직 때 묻지 않은 소녀와 같은 인상이었다.

"아, 체슈."

세리카가 시우를 발견하고 손을 들자 손님들의 시선이 일제히 시우를 향했다.

시우는 갑자기 쏟아지는 시선이 부담스러웠지만 내색 않고 다가갔다.

"일단 위로 올라갈까?"

그렇다고 이렇게 사람의 시선이 쏟아지는 가운데 멀쩡할 수는 없었다.

시우가 제안하자 세리카도 이의 없이 고개를 끄덕였다.

그 가련한 모습에 손님들의 감탄하는 목소리가 재차 터져 나왔다.

시우는 여관 종업원에게 실링을 던져주고 식사는 필요 없다고 말하며 방을 찾아 올라갔다.

혼자서 지내기에는 분명 넓지도 좁지도 않은 곳이었는데 둘이서 같이 들어가자 방이 너무 좁게만 느껴졌다.

시우는 방안을 둘러보고 창문과 가까운 침대에 자리를 잡고 앉았다. 여차하면 창문을 깨고 도망을 갈 생각이었다.

그 모습을 지켜보던 세리카는 안절부절 못하고 있었다.

"앉지 그래?"

시우의 제안에 세리카는 다시 말없이 고개를 끄덕이고 의자에 앉았다.

"저기, 포션은?"

시우는 아이템창에서 포션을 하나 꺼냈다.

세리카가 앉은 자리에서 궁둥이를 들썩 거렸다.

"잠깐!"

시우의 호령에 세리카가 동작을 멈췄다. 그토록 바라던 물건이 바로 코앞에 있었지만 아직 시우의 손에 있는 물건이었다.

세리카는 시우의 말을 거부할 수 없었다.

"포션은 주겠지만 이유를 듣고 싶은데."

"이유?"

"도대체 어째서 이 포션을 바라는 거야? 사지가 잘린 것도 아니고, 지인을 주려는 거야? 그게 아니면 전에 이야기했던 날개가 잘렸다는 이야기와 관련이 있어?"

시우의 질문에 세리카의 얼굴에 고민이 깃들었다.

그러나 그에 대한 생각은 이미 정리를 끝마친 상태였다.

세리카는 시우에게 정체를 밝힐 생각이었다.

세리카는 눈을 조심스럽게 감고 시우에게 등을 돌리고 앉았다. 시우는 말도 없이 돌아앉는 세리카의 모습에 고개를 갸웃거렸지만 이내 그녀의 행동에 깜짝 놀랄 수밖에 없었다.

원피스의 어깨끈을 풀어 내리더니 하얀 등판을 드러냈던 것이다.

세이카의 어깨는 생각보다 좁고 그녀의 몸매는 생각보다 아름다웠다.

세리카는 팔로 가슴을 가리고 어깨 너머로 돌아보며 시우의 반응을 살폈다.

시우는 도대체 어찌해야 할 지 안절부절 못하며 세리카의 몸을 제대로 보지도 못하고 있었다.

"제대로 봐."

세리카의 목소리에 부끄러움은 없었다. 오히려 단호하고 각오에 차 있었다.

그 목소리에 정신을 차린 시우가 드러난 세리카의 뒷모습을 시선에 담았다.

그때 시우의 시선으로 뭔가가 들어왔다.

세리카의 등허리 좌우측에 원래는 없어야할 돌기가 두 개 솟아있었던 것이다.

시우는 그것에 시선을 빼앗기고 침대에서 일어나 세리카에게 다가갔다. 손을 뻗어 뭉뚝하게 솟아난 피부를 만지니 그 안에 뼈가 있음을 알 수 있었다.

"…이게 뭐지?"

시우의 당혹스러운 질문에 세리카가 대답했다.

"날개뼈."

"아니, 날개뼈는 여기에……."

시우의 손가락이 세리카의 허리를 타고 올라가 등판을 짚었다.

"하응!"

세리카의 묘한 신음에 시우는 화들짝 놀라 물러섰다.

"가, 간지러우니까."

세리카는 목을 움츠리고 귀를 빨갛게 물들였다.

"미, 미안."

"이래도 정말 모르겠어?"

세리카의 질문에 시우는 눈살을 찌푸렸다.

뭘? 이걸로 도대체 뭘 알 수 있단 말인가?

"적어도 날개가 잘렸다는 이야기가 비유가 아니었단 것은 알겠는데……."

도대체 세리카의 정체가 뭐기에 날개가 달려 있었다는 말인가?

세리카는 한동안 말이 없었다. 시우도 뭐라고 말을 꺼내지 못했다.

한참 동안 지키던 침묵을 먼저 깬 것은 세리카였다.

"내가 날개를 되찾도록 도와줬으면 해."

"어떻게?"

"새 날개가 돋아날 상처를 만들어줘."

시우는 고개를 끄덕였다.

혼자서는 등허리에 손이 잘 닿지 않으니 분명 포션으로 날개를 새로 만들려면 도움이 필요했을 것이다.

시우는 리네를 뽑아들었다.

"괜찮겠어?"

"고통은 충분히 겪었어. 날개를 되찾을 수 있다면 이 따위 통증은…….."

대답은 그것으로 충분했다.

시우는 조심스럽게 세리카의 돌기를 썰어냈다.

그것이 조금만 더 길었어도 리네를 휘둘러 단번에 잘라낼 수 있었겠지만 워낙에 짧다보니 썰어서 확실히 뼈를 갈아내야만 했다.

"으윽! 하으윽!"

고통어린 신음이 쉬지 않고 흘러나왔다.

두 번째 돌기를 썰기 시작할 때는 전신에 식은땀이 맺혀 있을 정도였다. 시우는 되도록 빠르게 손을 움직였다.

그렇게 두 번째 돌기도 썰어내고 미리 꺼내뒀던 포션을 세리카에게 건네주었다.

세리카는 고통에 겨운 손을 바들바들 떨었지만 결국 포션을 마실 수 있었다.

그러자 잘려나간 돌기에서 뼈가 자라났다. 자라난 뼈 주위로 근육과 피부가 붙었고 그 위로 깃털이 돋아났다.

그러나 그것은 하늘을 날기에는 너무나도 작은 날개였다. 시우가 의문으로 고개를 갸웃거리자 갑자기 여관 방 내부에 바람이 휘몰아치기 시작했다.

밖에서 불어온 바람은 아니었다.

창문이 닫힌 것은 미리 확인했다.

그 바람의 원천은 세리카였다.

세리카가 은빛의 원력을 끌어올리며 자리에서 일어났다. 그러자 그녀의 작은 날개가 점차로 커져갔다.

무척 아름다운 광경이었다. 휘몰아치는 아우라에 눈도 제대로 뜨지 못하는 시우는 정신없이 바라보느라 넋을 잃었다.

세리카의 발이 바닥에서 떠올랐다. 만약 하늘을 뒤덮는 천장만 없었다면 그대로 하늘을 날아오를 것만 같은 모습이었다.

여관 방 내부에서 마구 휘몰아치던 은빛 아우라가 점차로 진정되기 시작했다.

곧이어 휘몰아치던 깃털이 힘을 잃고 떨어져 내리며 바닥을 하얗게 뒤덮었을 때, 시우의 눈앞에 반투명한 창이 떠올랐다.

두둥!

[세리카가 자신의 정체를 밝혔습니다.]

이름-세리카

레벨-88

종족-[알테인]

칭호-은빛 폭풍

[칭호 효과- 전투시 매력 +30]

생명력 (200/200)

마력 (6/6)

원력 (58/58)

근력 : 117

순발력 : 228

체력 : 105

정신력 : 32

'알테인?!'

시우도 알테인에 대해선 들어본 기억이 있었다. 포스칸의 마을 테트라에서 지낼 때 리네는 알테인에 대해서 이렇게 설명했다.

'숲에 숨어서 지내는 숲 거지들. 착한 척만 할 줄 아는 야만적인 짐승.'

아무리 기억을 뒤져보아도 알테인에게 날개가 달려있다던가 하는 설명은 들어본 기억이 없었다. 다만 알테인에게 악감정을 품고 있는 리네도 인정하는 알테인의 능력이 있었다.

그것은 바로 원력을 다루는 솜씨.

알테인 또한 포스칸과 같이 원력을 타고 태어나지만 그것을 다루는 실력에 있어서 알테인을 따라올 종족은 없다는 것이 당시 리네의 설명이었다.

시우의 손이 반짝반짝 빛을 내는 알테인이란 항목에 가 닿았다.

그러자 눈앞에 떠오른 반투명한 창이 확장되었다.

[알테인은 조화를 숭상하는 유사인종이다. 그 때문에 인간들은 그들을 화인(和人) = 하모니언(Harmonian)이라고 부른다. 등허리에 자라난 작은 날개가 신체적 특징이며 선천적으로 타고 태어난 원력을 사용하면 날개가 거대화되어 하늘을 날 수 있다고 한다. 일반적으로 숲에 숨어살며

평화를 사랑하지만 싸움을 즐기는 포스칸도 알테인에게만
은 조심스러운 태도를 지키고 있다. 그들이 숭상하는 것은
평화가 아닌 조화이므로 전장에서 알테인을 만난다면 죽
음을 각오해야 할 것이다. 원력을 다루는 솜씨가 불가사의
할 정도로 뛰어나기 때문에 그들을 연구하는 마법사들의
학구열이 매우 뜨겁다.]

시우가 알테인에 대한 설명을 읽는 동안 세리카는 원피
스에 날개 구멍을 만들어 옷을 바로 입었다. 그러나 등허
리에 난 구멍으로 골반이 적나라하게 드러나 바깥에 나가
기에는 애매한 차림이었다.

세리카가 얼굴에 여유로운 미소가 떠올랐다. 시종일관
시우의 눈치를 보던 태도와는 확실히 다른 모습이었다.

세리카가 시우에게 다가가 그의 볼에 키스했다.

그 보드라운 감촉에 시우가 화들짝 놀랐지만 세리카는
신경 쓰지 않았다.

"당신 덕분이야. 체슈. 당신 덕분에 날개를 되찾았어."

파닥파닥.

기쁨에 겨운지 다시 작아진 세리카의 날개가 힘차게 펄
럭였다.

그 모습에 넋을 잃고 있던 시우는 간신히 정신을 차렸
다.

"이게 어떻게 된 일인지 설명해주겠어?"

세리카가 의자에 조신한 자세로 앉았다.

"일단 앉아."

마치 시우와 세리카의 입장이 바뀐 듯한 모습이었다.

그러나 시우는 별말 않고 침대 위에 궁둥이를 붙였다.

세리카는 스스로를 알테인이라 밝히며 이야기를 시작했다.

어린 시절, 인간들이 알테인들을 습격해 온 것, 숲이 불에 타 삶의 터전을 잃어버린 것, 노예 상인에게 붙잡혀 노예로 팔려간 것, 한 마법사에 의해 실험도구가 되었던 것.

세리카는 아직도 그 고통이 잊히지 않는지 속눈썹을 바르르 떨었다.

"마법사는 알테인과 인간의 육체적인 차이점을 발견하려 했어. 마취도 없이 배를 가르고 내장을 매만지다가 죽어갈 즈음에 포션을 들이붓고, 숨이 붙어있는 것을 확인하면 다시 팔다리를 가르고 안을 살피면서 알테인이 사람과 어떻게 다른지를 찾으려고 했지. 마법사는 알테인이 가진 원력의 힘을 가지고 싶었던 것이야."

세리카가 갑자기 손을 들었다.

그러자 거기서 불길이 솟아났다. 마치 마법으로 보이는 광경. 그러나 마법과는 달랐다. 불길 속에서 아주 작은 여자아이가 기어 나오더니 날개를 퍼덕이며 날아올랐던 것이다.

"이건?"

"불의 요정이야. 세상의 모든 생물들은 저마다의 원력을 가지고 있어. 그렇다면 생명을 갖지 못한 것들에게 원력을 부여한다면 어떻게 될까? 그렇게 태어난 것이 바로 정령이야. 날개를 잃어 더 이상 쓸 수 없었던 알테인의 능력이지."

불의 요정이 세리카의 어깨에 앉으며 조잘거렸다.

말도 할 줄 아는 건가 싶었지만 시우는 알아들을 수가 없었다.

세리카가 다시 이야기를 시작했다.

결국 인간과 알테인의 차이점을 발견할 수 없었던 마법사는 마지막으로 세리카의 날개에 시선을 던졌다.

저 날개를 뜯어내면 알테인은 스스로의 능력을 잃어버릴까?

저 날개를 이식하면 인간은 요정을 다룰 수 있을까?

마법사는 그 가설을 생각에서 그치지 않았다.

세리카의 날개를 뜯어내 제자에게 날개를 이식했던 것이다. 그러나 그 결과는 원력의 폭주로 이어졌고 제자는 목숨을 잃고 말았다.

그 때 마법사는 방심을 하고 있었다. 날개가 뜯겼으니 세리카는 알테인의 능력을 잃었을 것이라고 확신을 하고 있었던 것이다. 그러나 정령은 다루지 못해도 세리카에게는 원력이 있었다.

　세리카는 마법사를 죽이고 탈출하는데 성공했다.

　그러나 문제는 세리카는 아직 어린 소녀였다는 점이었다.

　돌아갈 숲은 모두 타서 재가 되어버렸고, 가족의 위치를 바람에게 물어도 날개 잃은 세리카에겐 아무도 답을 들려주지 않았다.

　말을 마친 세리카의 두 눈에서 눈물이 떨어져 내렸다.

Respawn

NEO FUSION FANTASY STORY & ADVENTURE

12장.

베헬라의 마법사

12장.
베헬라의 마법사

리스폰

불의 요정이 슬픈 얼굴로 날아오르더니 세리카의 눈물을 훔쳐냈다.

세리카는 불의 요정을 가슴에 안았다.

"그럼 날개를 되찾았으니까 이제 가족은?"

세리카는 고개를 저었다.

"아마 돌아가신 것 같아."

천애고아.

머리에 떠오른 단어가 시우의 가슴을 뒤흔들었다.

딱히 부모님이 돌아가신 것은 아니지만 만날 수 없다는 점에서 자신과 같다는 생각이 들었다.

"그래도 동족이라면⋯⋯."

안타까운 마음으로 뱉어낸 말에 세리카가 고개를 들었다.

그녀의 동공이 가늘게 떨리고 있었다.

"나도 이제는 모르겠어. 어렸을 때는 어떤 방법을 쓰더라도 날개를 되찾자고, 날개만 되찾으면 동족의 숲을 찾아갈 거라고 수도 없이 되뇌어왔어. 하지만 이제는 모르겠어. 아버지도 어머니도 죽었어. 동족들을 찾아가도 아마 아는 얼굴은 없을 거야. 나도 바뀌었어. 조화를 숭상하는 알테인으로서 인간 사회에 던져진 나는 인간의 소녀로 자라왔어. 인간과 크게 다를 것도 없어진 나는 이제 와서 알테인으로서 살아갈 자신이 없어."

말이 길어질수록 바닥으로 추락하던 세리카의 은안이 시우를 직시했다.

"하지만 지금 확실하게 말할 수 있는 건 너와 함께라면 뭐든 감내할 수 있을 것 같아. 내 목숨을 두 번이나 구해주고 내 날개를 되찾아준 너와 말이야. 동족들을 찾아가도 좋아. 인간 사회에 남아 계속 살아가도 좋아. 하지만 네가 없다면 싫어. 그래서 네게 정체를 밝혔어. 너라면 믿을 수 있을 거라고 생각했으니까."

마치 준비라도 해온 듯한 말들이었다.

급하게 쏟아내듯 뱉어낸 말들에 시우는 정신이 하나도 없었다.

단지 시우의 머릿속을 맴도는 말을 간신히 입 밖으로 뱉어냈다.

"그건 고백이야?"

시우의 얼굴이 조금 붉어졌다.

시우의 말에 세리카의 얼굴도 엄청나게 붉어졌다.

"그, 그런 게 아니야! 그냥 너라면 믿을 수 있다고, 생각, 했으니까……."

세리카는 날개를 파닥파닥 치다가 괴로운 표정을 지었다.

"동족을 찾아 떠나더라도, 이곳에 남아 살게 되어도 믿을만한 동료가 필요한 시점이니까."

시우는 고개를 끄덕였다.

물론 세리카는 강한 익시더였지만 그녀가 알테인이라는 사실이 밝혀지면 앞뒤 가리지 않고 욕심을 부릴 인간들은 수두룩했다.

그런 의미에서 시우는 세리카에게 크게 도움 될 '믿음직한 인간' 이라는 의미일 것이다.

조금은 흥분되던 기분이 차갑게 가라앉았다.

일단 머리가 차가워지자 이게 게임이 아니고 현실이면 좋았을 텐데 하는 생각도 들었다.

물론 그녀가 NPC라지만 미인이었고, 아무리 게임이라도 미인에게 고백을 받는다는 상황은 남자의 로망이니까.

실제로 세리카가 자신에게 고백을 한다고 생각했을 때
는 게임이고 뭐고 제법 기분이 좋았다.

　시우는 고개를 가로저으며 잡념을 털어냈다.

　지금 중요한 것은 그런 것이 아니었다.

　그럼 뭐가 중요할까? 감정을 배제하고 이성적으로 생각
한다면 지금 세리카에게 건넬 말이란?

　"…대가는?"

　시우의 말에 세리카는 잠깐 놀란 표정을 짓다가 굉장히
슬픈 표정이 되었다.

　그것을 지켜보는 시우마저 괴로워지는 표정이었다.

　"아마 날 알테인의 숲까지 데려다주면 마을에서 보상이
있을 거야. 그게 아니더라도 내가 너에게 해줄 수 있는 것
이 분명 있을 것이고."

　세리카의 시선이 시우의 허리에 달린 리네를 향했다.

　"이를 테면 원력의 사용방법 같은 것. 너는 마법사로 활
동하고 있지만 검에도 조예가 깊어보였어. 아마 마검사를
지향하는 거겠지? 알테인에게 원력을 다루는 훈련을 받을
수 있다는 것은 엄청난 기회라고 생각하는데."

　그것은 분명 세리카의 말 대로였다.

　마음속으로 세리카의 이야기를 이모저모 따져 보았지만
이성도 감성도 이미 세리카를 돕는 쪽으로 마음이 기울었
다.

시우는 세리카의 제안을 받아들였다.

시우는 일단 스스로 입고 있던 로브를 벗어 세리카에게 입히고 그녀를 그녀의 집까지 바래다주었다.

세리카가 날개를 숨기고 집밖으로 나오려면 필요할 것 같아 로브는 그녀에게 주고 돌아오는 길에 로브를 새로 하나 사왔다.

집으로 돌아온 시우는 일단 아침에 샀던 가구들을 집안에 하나 둘 배치하기 시작했다.

침대만 두 개 덩그러니 놓여있던 집이 이제야 사람 사는 곳처럼 느껴졌다.

아침과 점심을 굶었더니 시장기가 느껴졌다.

시우는 아침에 사둔 식재료들을 부엌에 늘어놓으며 루리를 불렀다.

"요리는 할 줄 알지?"

"예. 맡겨주세요."

루리는 드디어 시우를 위해 뭔가를 할 수 있다는 것이 즐거운 모양이었다.

시우는 잠시 그녀가 요리하는 모습을 뒤에서 지켜보다가 마당으로 나왔다.

오늘은 특별히 드라고니스로 마법을 사용하는 훈련을 할 생각이었다.

세계수의 가지를 꺼내들고 리젠으로 마음을 다스린 시우는 정신을 집중하며 마력을 움직이기 시작했다.

드라고니스의 주문은 입과 목청으로 발성하는 것이 아닌 마음으로 마력을 움직여 발성한다. 즉 마법 주문을 얼마나 정확하고 빠르게 외울 수 있느냐는 그때그때의 정신력과 훈련량이 중요했다.

"〈불.〉"

시우가 드라고니스로 발음하자 마력이 몸에서 빠져나가며 세계수의 가지에서 불꽃이 피어났다.

성공이었다. 하지만 시우는 그것으론 만족할 수 없다.

"〈큰 불.〉"

세계수의 가지에서 피어난 불꽃이 덩치를 불렸다.

시우는 세계수의 가지로 흘러들어가는 마력량을 늘려 보았다. 그러나 주문이 단순하기 때문인지 불은 약간 덩치가 커졌을 뿐 소모되는 마력량에 비해 약한 화력을 유지했다.

"〈더 큰 불!〉"

이내 시우가 주문을 외자 불이 더욱 커졌다. 이 정도라면 공격 마법으로도 사용할 수 있을 만한 화력이었다. 그러나 시우의 기준치에는 한참 못 미치는 화력이었다.

"〈아주 큰 불!〉"

그리고 시우의 머리 위로 탐욕스럽게 소용돌이치는 불길이 만들어졌다. 거대한 불길이 만드는 뜨거운 상승기류에 스스로 휘말려 더욱 높게 치솟았다.

시우는 서둘러 마법으로 주입되는 마력의 공급을 끊어버렸다. 그러자 시우의 지팡이에서 뿜어져 나오던 불길이 사라지고 여분의 불길은 허공으로 흩어졌다.

소모된 마력량을 살펴보니 아직 연습량이 부족한 탓인지 마력의 낭비가 심했다. 아직까지는 마법 스킬을 이용해 마법을 사용하는 것이 더 효율적이란 생각이 들었다.

무려 한 달을 연습하고도 이 모양이니 시우는 기가 죽었지만 언젠가는 반드시 필요하게 될 거라고 스스로를 다독였다.

마법 스킬에 대해 떠올리니 시우는 이번에 50레벨을 달성하며 새롭게 열린 마법 스킬이 생각났다.

헤이스트 Lv.Max
소모 마력- ??
효과- ??분간 순발력을 ??% 상승시킨다.
주문- 시간이 가속된다.

원래는 마력을 50소모해 1분간 공격속도와 이동속도를 20% 상승시키는 스킬이었다.

하지만 마법 스킬에 주입시킬 마력량을 시우의 마음대로 조절할 수 있게 된 후로는 스킬창의 효력들이 전부 이렇게 물음표 투성이로 바뀌고 말았다.

시우는 그 외에 또 바뀐 것이 있다는 것을 발견하고 고개를 갸웃거렸다.

원래는 헤이스트는 공격속도와 이동속도를 상승시키는 스킬이었는데 효과에는 순발력을 상승시킨다고 되어 있었다.

순발력이라는 스탯 자체가 공격속도와 이동속도를 나타내는 능력치였기 때문에 크게 다를 바는 없었지만 시우는 그것이 신경 쓰여 어쩔 수가 없었다.

다름이 아니라 시우는 최근 이 스탯의 효용에 대해서 의문을 느끼고 있었기 때문이었다.

일단 근력과 체력에 대해서는 힘이 세지고 지구력이 늘어난다는 점에 의문을 가지지 않았지만 순발력이란 스탯은 뭔가가 다른 느낌이 들었다.

원래 순발력을 올리면 팔다리의 움직임이 빨라져 이동속도와 공격속도가 올라갔었다. 하지만 지금은 순발력을 올리면 전체적인 몸놀림은 물론이고 반응속도도 빨라진 것 같다는 느낌을 받았기 때문이었다.

그것을 확인하기 위해 순발력 스탯에 남은 스탯 포인트를 투자하며 사실 확인을 하고 있었지만 확실히 그렇다 아니다 판단을 내리기에는 애매한 점이 많았다.

시우는 어쩌면 헤이스트 마법으로 그 의문을 확실히 확인할 수 있지 않을까 싶었다.

긴장하는 마음으로 세계수의 가지를 들고 주문을 외웠다.

"[시간이 가속된다. 헤이스트.]"

몸속에서 소모되는 마력이 느껴졌다. 그러나 몸이 빨라졌다거나 하는 현상은 느낄 수가 없었다. 의문을 느낀 시우는 상태창을 열어보았다.

이름-최시우

레벨-50

종족-인간

칭호-베헬라의 마법사

[칭호 효과- 적을 처치할 때마다 아군의 정신력 회복.]

생명력 (155/155)

마력 (1821/2556)

원력 (?/?)

근력 : 77

순발력 : 246 [+100% 효과 적용 중. 남은 시간 59초.]

체력 : 60

정신력 : 15

남은 스탯 포인트 : 0

상세정보…….

123이었던 순발력 스탯이 246이 되었다. 그 옆에는 스
탯 상승효과가 적용중이며 남은 시간이 얼마라는 것도 친
절하게 알려주고 있었다.

그런데 그 숫자가 떨어지는 속도가 이상했다.

남은 시간은 실시간으로 줄어들고 있는데 거의 3초가
지날 즈음에야 1초씩이 줄어들고 있었던 것이다.

상태창을 닫고 시선을 돌리자 하늘을 나는 새가 눈에 들
어왔다.

역시 새 또한 날아가는 속도가 이상했다. 역풍을 맞고
있나 싶었지만 그것은 아니었다.

제자리에서 펄쩍하고 뛰어보았다. 생각보다 높게 치솟
은 몸은 달에라도 온 듯 천천히 떨어져 내렸다.

시간이 느려졌다.

'아니, 내 시간이 빨라진 거지.'

시우는 확신할 수 있었다. 순발력 스탯은 단순히 몸놀
림뿐 아니라 반응속도와 사고속도 모두에 작용하는 능력

치였다.

'그럼 레벨업으로 얻은 모든 스탯을 순발력에 투자하면 이 감각을 항시 유지할 수 있다는 걸까?'

시우는 고개를 저었다.

세리카의 순발력 스탯이 200을 넘어간다는 사실을 기억하고 있지만 세리카의 행동에서 부자연스러운 것은 느끼지 못했다. 애초에 이토록 느리게 흘러가는 시간 속에서 살게 된다면 제정신을 유지하는 것도 힘들어 보였다.

단지 실제 시간으로 30초, 체감시간 90초의 시간을 보냈을 뿐인데 시우는 벌써 이 상태에 부담을 느끼고 있었다.

아마 시간이 느려진 것처럼 느껴지는 현상은 갑자기 순발력이 상승한 탓에 나타난 부작용인 모양이었다.

혹시 마력을 더 투자하면 순발력을 더 올릴 수 있지 않을까 싶었지만 헤이스트로 올릴 수 있는 순발력은 100%가 한계인 모양이었다. 대신 효과적용 시간이 늘어났는데 대충 계산을 해보니 200마력으로 1분 정도 이 상태를 유지할 수 있는 모양이었다.

즉, 현재 소유 마력으로 최대 12분에서 13분 정도 이 상태를 유지할 수 있다는 의미였다.

시우는 눈을 감고 시간을 보냈다.

세상과 빨라진 인지능력 사이의 차이에 기분이 좋지 않았다.

그렇게 헤이스트의 적용시간을 모두 보내자 이번에는 반작용이 나타났다.

시간이 빨라졌다.

느긋하게 날아가던 새는 갑자기 엄청난 속도로 사라지고 유유히 흘러가던 구름은 폭풍이라도 일어난 것처럼 하늘을 질주했다.

시우는 너무 빠른 시간의 흐름에 몸의 중심도 제대로 잡지 못해 그 자리에 풀썩 쓰러졌다.

'어, 어지러워.'

헤이스트의 시간이 느려지는 부작용은 전투시 큰 도움이 될 것이 분명했지만 이 반작용은 너무 위험한 리스크였다.

시우는 점차로 바뀐 시간의 흐름에 적응하며 자리에서 일어났다. 그런 그의 등은 식은땀으로 흠뻑 젖어있었다.

시우는 강렬히 밀려오는 메스꺼움을 느끼며 이 현상에 '시간 멀미' 라는 이름을 붙였다.

시우는 리네를 뽑아 휘두르다가 루리의 식사 준비가 끝났다는 말에 땀을 닦아냈다.

루리의 요리는 먹을 만했다.

적어도 시우가 만든 요리보다는 보기에도 좋았고 먹지 못할 것은 아니었는데 조금 불만족스런 식사였다.

대부분이 식재료를 그대로 불에 익히거나 끓인 것들이었기 때문이었다.

베이컨, 프라이드 에그와 수프. 베이컨은 간이 배어있는 것이라 문제가 없었다. 문제는 수프에 향신료를 거의 쓰지 않아 시우의 입맛에는 싱겁고 비렸다.

아무래도 테트라와 이곳의 생활수준이 다르다 보니 어쩔 수 없는 문제인 모양이었다.

시우는 잘 먹었다고 루리에게 답례하며 루리가 식사를 끝내자 말없이 부엌으로 데려가 향신료들에 대해서 설명해 주었다.

역시 향신료에 대해서 잘 몰랐던 모양인지 루리의 얼굴이 부끄러움으로 붉게 물들었다.

아마 앞으로는 좀 더 개선된 음식을 먹을 수 있을 것이다.

시우는 다시 마당으로 나가 검을 휘두르며 하루를 보냈다.

다음 날 아침, 누군가 대문을 두드리는 소리에 나가보니 세리카가 시우의 집을 방문했다.

"여기는 어떻게?"

"검은 머리가 흔하지는 않더라고."

시우는 할 말을 잃었다.

머리를 염색이라도 하지 않는 이상 시우에게 비밀은 없는 모양이었다.

시우는 청하지도 않았는데 막무가내로 밀고 들어오는 세리카의 모습을 위아래로 훑어보았다.

어제의 캐주얼한 모습은 어쩌고 가죽갑옷에 망토를 두른 차림이었다.

갑자기 호기심이 들었다.

가죽갑옷은 제법 몸에 달라붙게 제작되어 있는데 날개는 어떻게 처리를 했을까?

손을 뻗어 망토를 들추니 세리카가 펄쩍 뛰며 두 손으로 궁둥이를 감췄다.

"뭐, 뭐, 뭐하는 짓이야!"

"아니, 날개는 어떻게 했나 궁금해서."

세리카의 날개가 있음직한 골반을 보니 가죽갑옷에 날개구멍을 내고 거기에 망토와 비슷한 색깔의 주머니를 만든 것이 보였다.

회색 주머니에서 뭔가가 파닥파닥하고 꿈틀거렸다. 날개였다. 주머니의 색이 망토와 비슷하다보니 망토를 두르고 있으면 잘 보이지도 않는 것이 잘 처리를 했다 싶었다.

그런데 자세히 보니 가죽갑옷과 주머니 사이의 재봉 상태가 조금 서툴다는 것을 알 수 있었다.

"어? 이거 설마 스스로 재봉한 거야?"

"…어쩔 수 없잖아? 재봉사에게 날개가 들어갈 주머니를 만들어달라고 요구할 수도 없고."

시우는 고개를 끄덕였다.

"그건 그렇고 여긴 무슨 일이야?"

세리카는 시우의 손에서 망토를 빼앗아 옷매무새를 고쳤다.

"무슨 일이냐고? 네가 요구한 대.가.를 지불하러 온 거잖아?"

대가라는 단어를 강조하는 세리카의 눈빛이 날카롭기 이를 데 없었다.

시우는 슬쩍 시선을 피했다. 대가를 요구한 것이 그렇게 잘못한 걸까?

어찌됐거나 세리카에게 원력에 대해 배울 수 있는 것은 환영할 만한 일이었다.

그 때 집안에서 루리가 빼꼼 고개를 내밀었다.

대화소리를 듣고 상황을 살피려는 모양이었다.

"…저건 누구야?"

세리카의 표정이 묘해졌다.

"하녀."

"흐응, 그래?"

말은 흥미를 보이는 듯싶지만 그녀의 눈빛에서는 이미 관심이 사라졌다.

"체슈 오빠. 아침상을 늘릴까요?"

손님의 몫까지 아침을 차리느냐는 질문이었다.

"아침은 먹고 왔어?"

시우가 물었지만 세리카는 듣지 않았다.

"…오빠라니 무슨 소리야? 하녀 아니었어?"

오빠라는 호칭이 친근감의 표시이기 때문에 아무래도 세리카의 귀에는 거슬리는 모양이었다. 아무래도 주인과 하녀 사이의 호칭으로는 어울리지 않겠지.

그러나 시우는 당당했다.

"아무래도 체슈님이라고 불리는 건 체질에 맞지 않아서 그렇게 부르라고 지시했지. 지금 그게 문제야? 아침 먹고 왔냐고. 안 먹고 왔으면 얼른 먹고 훈련을 시작하든지 해야지."

"…안 먹었어."

세리카는 루리를 노려보며 대답했다. 문 뒤에 숨어 고개만 빼꼼 내밀고 있던 루리는 그 눈빛에 겁을 먹고 얼굴을 숨겼다. 한쪽 눈만 빼꼼 내밀고 훔쳐보는 모습이 굴에 숨은 토끼를 보는 듯했다.

"왜 애를 겁주고 그래. 너 쟤 알아?"

"아니."

세리카는 그제야 흉흉한 눈빛을 거뒀다. 그러나 미련의 눈빛은 루리의 곁에서 떨어지지 않고 있었다.

시우는 서둘러 루리에게 지시했다.

"루리. 손님 몫까지 아침상을 부탁할게."

그러자 루리는 말없이 고개를 크게 끄덕이고 집안으로 도망치듯 사라졌다.

시우는 인상을 찌푸렸다.

"너답지 않게 왜 그래?"

시우는 세리카가 이렇게 행동하는 것을 처음 보았다.

물론 세리카가 마법사들에게 막 대하는 경향은 있었지만 인격자에겐 공손했고 짐꾼들에게도 결코 멸시어린 눈빛을 보내거나 하는 일은 없었다.

세리카의 정체를 알아내고자 꾸준히 지켜봐왔기 때문에 그 사실을 잘 아는 시우로서는 의문이 생길 수밖에 없었다.

그러나 세리카는 시우의 질문 따위는 귀에 들어오지도 않는 모양이었다.

"오빠라고 불리는 게 좋은 거야?"

"응? 그야 익숙하니까."

세리카는 놀라 눈이 조금 커졌다.

"여동생이 있어?"

"아니, 그건 아니고."

시우는 리네를 쓰다듬으며 말했다.

"포스칸의 마을에 신세를 진적이 있어서. 그 집 아이가 날 오빠라고 불렀었지."

"설마 그 아이의 이름이 리네는 아니겠지?"

이번에는 시우가 놀랄 차례였다.

"어떻게 안 거야? 설마 아는 사이라도 돼?"

"네 검의 이름. 리네라며?"

"아아, 기억하고 있었구나."

시우는 테트라에서 지내던 때를 회상하며 추억에 잠겼다.

이곳은 인심이 너무 흉흉했다. 테트라에서 지낼 때가 마음도 편하고 포근했다는 생각이 들었다.

그런 시우의 눈빛이 세리카는 마음에 들지 않았다.

"그 리네라는 여자랑은 어떤 사이였는데?"

시우는 세리카의 날카로운 목소리에 퍼뜩 회상에서 깨어났다.

'그나저나 세리카는 왜 이렇게 신경질적이지? 한 달에 한 번 온다는 그 날인가?'

시우는 한숨을 푹 내쉬었다.

"그냥 신세진 집의 딸이야. 사실 나는 이곳에서 아주 먼 곳에서 왔고 이곳의 말도 전혀 모르는 상태였어. 그런 내게 말도 가르쳐주고 같이 검술도 대련하고, 그래 친남매 같은 사이였어."

아마 시우의 뒤치다꺼리를 했을 리네는 시우를 동생처럼 생각했을지도 모를 일이지만 친남매 같은 사이라는 점에 다를 것은 없었다.

세리카는 의심의 눈초리를 지우지 않았지만 시우는 신경 쓰지 않았다.

"일단 들어가 밥이나 먹자."

세리카는 시우의 말에 따를 수밖에 없었다.

식사는 맛있었다.

향신료를 한 차례씩 찍어 먹이고 향을 맡게 한 뒤 각 향신료가 어떤 요리에 쓰이는 지 설명하자 루리는 빠르게 향신료를 사용한 요리에 적응했다.

오로지 아이템 설명 문구로만 향신료를 이해하는 시우보다도 더 깊게 향신료를 이해하는 것 같았다.

어제 저녁은 수프가 조금 매운가 싶더니 오늘 아침은 정말 오랜만에 맛있는 수프를 맛볼 수 있었다.

그야말로 시우가 맛본 최고의 수프, 라이나의 수프와 비견될 맛이었다.

과연 그런 품평은 시우뿐이 아니었는지 루리의 수프를 맛본 세리카는 놀라는 표정이었다.

"맛있어!"

"음! 오늘은 정말 맛있는데? 열심히 연구했구나?"

시우가 루리의 머리를 쓰다듬었다.

루리는 뿌듯한 표정으로 방긋 미소 지었다.

그것을 세리카가 멍한 표정으로 지켜보았지만 시우는 알 수 없었다.

그렇게 만족스런 식사를 마친 후에 시우와 세리카는 수업을 진행할 수 있었다.

그러나 시우는 세리카에게 절망적인 말을 들을 수밖에 없었다.

"원력을 다루는 방법에 대해선 알려줄 수 있는데 각성하는 건 네 스스로 해야 해."

"어째서?!"

"그야 난 알테인이고 원력은 태어날 때 자연스럽게 각성했는걸. 인간이 어떻게 원력을 각성하는 지는 나도 모른다고."

시우는 머리를 움켜쥐었다. 언젠가 리네에게 물었을 때도 그랬다. 태어날 때 자연스럽게 각성했기 때문에 그에 대해선 설명을 할 수가 없다고. 그래도 원력에 대한 이해가 가장 깊은 알테인이라면 다를 거라는 희망을 가졌는데, 엄청난 착오였다.

시우가 괴로운 표정을 짓자 세리카가 덧붙여 말했다.

"그래도 어떻게 각성하는 지 추측 정도는 가능한데."

"어떻게?"

"정신력이야. 이를 테면 절체절명의 위기에 빠지거나 사상을 관통하는 깨달음으로 순간적으로 정신적 고양을 겪으면 원력을 사용할 수 있게 되는 거지. 용병 생활을 하면서 익시더들의 말을 들어보니 그렇더라고. 원력을 다루는 제일의 요령 또한 정신력에 있으니 아마 그게 맞다고 생각해."

시우는 세리카의 설명을 들으며 상태창에 있던 정신력을 떠올렸다.

상태창의 정신력은 시우의 정신 상태에 따라 때론 올라가고 때론 떨어지는 이상한 능력치였다. 시우는 최근 그 정신력 스탯이 마력의 통제력에 영향을 주고 있다는 것을 깨달았는데 단지 마력에만 통용되는 이야기는 아닌 모양이었다.

시우는 난감했다. 다른 능력치는 레벨업을 해서 얻는 스탯 포인트로 마음대로 올릴 수가 있었지만 정신력 스탯은 시우도 어쩔 수 없었기 때문이었다.

그나마 희망이라면 처음엔 5포인트에 불과했던 정신력이 지금은 15정도를 유지하고 있으니 분명 올릴 수 있는 방법이 있다는 것이었다. 무려 이 세계로 넘어온 지 8개월이 넘게 걸려서 겨우 10포인트를 올렸을 뿐이지만 말이다.

'정신력이라. 설마 무슨 정신 수행이라도 해야 된다는 소리는 아니겠지.'

시우는 우스갯소리로 떠올린 생각에 웃을 수가 없었다.

이 세계는 이상했다.

순발력도 그렇고 정신력도 그렇고 단순히 게임의 능력치일 뿐인데 거기에 더해 현실적인 현상이 철저히 반영되어 있었다.

달이 두 개고, 상태창이 열리고, 몬스터를 죽이면 경험치를 받으며, 마법과 초인적인 육체능력을 발휘하는 원력이라는 불가사의한 힘이 있다.

누가 봐도 게임이라고 생각할 수밖에 없는 세계인데 또 어느 순간 정신을 차리면 시우는 이 세계가 게임이라는 사실을 잊곤 한다.

만약 상태창을 비롯한 게임의 인터페이스가 열리지 않았다면 시우는 이계에 떨어졌다고 생각했을 지도 모를 일이었다.

현실의 시우는 이미 죽어서, 이곳은 그 영혼만이 옮겨간 전혀 다른 세계라고.

그럴 리가 없지. 피식 웃어보아도 그 웃음은 이미 가식이었다. 이 세계가 게임이라는 믿음이 흔들리고 있었다.

"체슈!"

"어, 어?"

"무슨 생각을 그렇게 골똘히 하는 거야?"

시우는 잠시 입을 다물었다.

"그냥 네가 미인이라고."

네가 미인이니까, 이곳이 현실이었으면 좋을 뻔했다고.

시우는 뒷말을 삼켰다. 이곳을 현실이라고 생각하는 그들에게 그런 소리를 지껄여봐야 정신병자 취급밖에는 받지 못할 것이 분명했으니까.

그런 시우의 생각은 알지 못하고 세리카는 당황하는 표정이었다.

"그, 그런 아부를 해봐야 아무 쓸 데 없다고?"

"그래. 쓰잘데기 없는 소리는 잊고 수업이나 계속 진행하자."

세리카는 시우의 상태가 이상하다는 것을 눈치 챘다.

입을 벙긋벙긋, 괜찮냐고 묻고 싶지만 목소리가 나오지 않았다. 적어도 겉으로 보이는 모습은 평소와 다를 것이 없어보였으니까.

세리카는 맛있는 아침을 먹고 기뻐보이던 시우의 얼굴을 떠올렸다.

자신의 요리로 시우를 그런 표정으로 만들 수 있다면 좋을 텐데. 그리고 시우의 손으로 머리를 쓰다듬어주면 좋을 텐데.

세리카는 얼굴을 붉게 물들이고 용기 내어 말했다.

"오늘 점심은 내가 해줄까?"

"어? 네가 요리도 할 줄 알아?"

"그, 그게 무슨 소리야? 나도 여자니까 요리 정돈 할 줄 안다고!"

"그럼 한 번 부탁해볼까?"

시우의 얼굴에 조금은 기운이 돌아온 것 같았다.

세리카는 시우의 미소에 마주 웃어주었다.

세리카의 원력 수업은 계속 진행되었다.

시우가 원력을 각성하지 못한 이상 수업의 내용은 이론만으로 진행될 수밖에 없었다. 그래도 원력을 어깨너머로 지켜본 것으로 밖에 이해하지 못한 시우에겐 큰 도움이 되는 내용이었다.

시우가 아는 원력은 사용하게 되면 아우라의 형태로 발산되며 육체능력을 강화하게 된다. 그러나 사실 원력은 그렇게 사용하지 않아도 항시 익시더의 몸을 강화하고 있다고 한다.

아무리 뛰어난 전사라도 원력을 각성하지 못하는 이상 육체의 단련에는 한계가 있을 수밖에 없는데 원력을 각성하면 시간의 흐름에 따라 원력이 체내에 녹아들며 육체를 한계 이상으로 강화한다는 것이 세리카의 설명이었다.

시우는 의문을 한 가지 더 풀 수 있었다.

시우는 평소 시간이 나면 왼쪽 눈을 가리며 NPC들을 타겟팅하며 시간을 보냈는데 그 가운데 한 가지 법칙과 비슷한 것을 찾았던 것이다.

먼저 성인 남성의 평균 레벨은 10근처라는 것. 그리고 원력을 각성하지 못하면 50레벨을 넘을 수 없다는 것.

아마 육체 단련으로 얻을 수 있는 최대 능력치는 50레벨이 한계인 모양이었다.

"내가 보기엔 너의 육체능력도 거의 한계에 도달한 상태야. 아마 원력을 각성하지 않는다면 더 이상의 육체 단련은 의미가 없겠지."

세리카는 그렇게 말했지만 시우는 넘겨들었다. 그도 그럴 것이 시우의 육체능력은 단련을 통한 것이 아닌 레벨을 올려서 도달한 것이었다. 몬스터만 더 사냥하면 시우에게 그런 한계는 존재하지 않았다.

세리카가 연이어 설명했다.

그런 이유에서 무가에서 태어난 아이들은 조금이라도 더 빨리 원력을 각성하기 위해 노력한다. 원력을 빨리 각성해야 보다 강한 육체를 얻을 수 있으니까.

또한 원력은 아우라의 형태로 발산하며 육체를 강화하지만 원력의 사용방법은 그뿐이 아니었다.

아우라는 육체에 작용하는 모든 능력을 강화할 수 있다. 단지 그걸 알지 못하는 익시더들이 오로지 육체 전반의 강화만을 추구하다보니 일관된 사용방법을 보인 것뿐이었다.

이를테면 세리카는 카스탄 두령과 싸우다 그 주먹에 정통으로 맞고도 살아남았다. 세리카는 카스탄의 가죽으로 만든 가죽갑옷을 입고 있었지만 그것만으로 카스탄 두령의 공격을 버티기란 불가능한 일이었다.

세리카는 그 순간 원력으로 맷집을 강화해서 카스탄 두령의 공격을 견뎌냈던 것이다.

원력의 사용방법이 익숙해지면 육체능력도 하나만 골라 극도로 강화할 수가 있게 된다.

최대 원력량이 10일 때, 용병들이 근력, 순발력, 체력에 3씩을 사용한다면 세리카는 필요에 따라 순발력에 10을 사용할 수도 있고 근력에만 10을 사용할 수도 있다는 의미였다.

그 외에도 원력의 전부를 방어로 돌릴 수도 있고 극도로 단련된 상태라면 원력 그 자체로 물리적인 공격을 취할 수도 있다.

이를테면 카스탄 두령과의 싸움에서 허공을 딛고 도약했던 세리카의 능력이 그것이었다. 원력을 추진력으로 사용했던 방법.

시우는 원력으로 정령을 만드는 방법에 대해서 물었지만 세리카는 피식 웃으며 인간에게는 무리라고 대답했다.

알테인이 만든 정령이 인간과 친해져 서로 돕는 경우는 있었지만 인간이 정령을 만드는 것은 힘들다는 것이 세리카의 판단이었다.

각성한 뒤 최대 원력량을 늘리는 방법에는 두 가지가 있다.

한 가지는 끝없는 단련으로 자연스럽게 육신이 더 많은

원력을 요구하게 만드는 방법.

다른 하나는 정신적인 수양으로 더 많은 원력을 끌어올리는 방법.

시우는 세리카의 원력 수업에 빠져 들어갔다.

그렇게 원력의 이론 수업이 끝날 즈음에는 이미 점심때가 되었고 세리카가 점심을 차리기 위해 부엌으로 향했다.

시우와 루리 로이는 식탁에 앉아 세리카의 요리를 기대하고 있었다. 그러나 좀처럼 세리카가 요리를 가지고 오지 않았다.

참다못한 시우가 부엌으로 향하자 심연의 밑바닥 불구덩이 속에서 들리는 듯한 비명이 울려 퍼졌다.

교오오오!

키아아아!

깜짝 놀란 시우는 리네를 뽑아들었지만 부엌에는 세리카 외에 아무도 없었다.

"방금 무슨 소리가 들리지 않았어?"

시우가 물었지만 세리카는 고개를 저었다.

"소, 소리? 무슨 소리?"

시선을 피하며 말을 더듬는 모습이 어떻게 보아도 부자연스러웠다.

시우는 세리카가 솥을 가리며 서있는 것을 보고 그녀에게 다가갔다.

"아, 안 돼! 보지 마!"

세리카가 소리쳤지만 시우는 신경 쓰지 않았다. 그대로 세리카를 밀어내고 프라이팬과 솥의 뚜껑을 열어보았다.

그곳에는 정말 지리멸렬한 요리들이 즐비했다.

아니, 지리멸렬보다는 아비규환이 더 적당할지 몰랐다.

요리들이 비명을 지르고 있었다.

갸아아아! 끄오오오!

베이컨은 잘 익은 상태에서 몸을 비틀며 꿈틀거렸고 수프는 녹아내린 얼굴 같은 것이 보였다.

"…이게 뭐야?"

세리카는 시선을 피하고 머뭇거리다가 대답했다.

"수프의 요정?"

"요리에 원력을 부여한 거야?"

"그러면 더 맛있어질 거라고 생각해서……."

시우는 말을 잃었다.

그리고 아무 말도 없이 로브를 챙겨 입고 루리와 로이를 데리고 대문으로 향했다.

"형아! 밥은?"

"밥은 요정이 되었단다. 요정을 먹을 수는 없으니까 우리는 밖에 나가서 식사하자."

"자, 잠깐! 나도 데려가!"

시우는 걸음을 멈추고 한숨을 내쉬며 세리카를 기다렸다.

"일단 베이컨의 요정과 수프의 요정은 바깥에 놓아주도록 해. 그런 정체불명의 요정이 내 집에 돌아다니는 것은 싫으니까."

시우의 싸늘한 목소리에 세리카는 어깨를 축 늘어트리고 요정들을 담 밖에 풀어주었다.

교오오오! 갸아아아!

"건강하게 잘 지내렴."

그러나 세리카의 작별 인사에도 베이컨과 수프의 요정은 꼼짝도 하지 않았다.

"거기서 뭐해! 어서 와!"

시우가 소리를 치자 세리카는 그제야 어렵사리 요정들을 등졌다.

세리카가 떠나가자 잠시 자리를 지키던 베이컨은 뱀처럼 기어서, 그리고 수프는 수로에 빠져 사라졌다. 그 후로 제페스에선 비명을 지르는 음식들이 마을을 방황한다는 소문이 돌기 시작했지만 시우와는 상관이 없는 일이었다.

시우는 잠시 어디로 갈까 고민했지만 이내 바람 여관으로 목적지를 정했다.

역시나 점심때라 바람 여관은 손님들로 붐비고 있었다.

세리카의 얼굴이 딱딱하게 굳었다. 아무리 시우가 곁에 있다지만 아직 사람들의 시선에는 마음을 놓을 수가 없었다.

처음에는 차갑고 냉정하게 보였던 세리카의 표정이 이제는 긴장한 것으로밖에 보이지 않아 시우는 피식 웃음을 터트리고 말았다.

세리카가 의문의 눈빛을 보냈지만 시우는 손사래만 쳤다.

바람 여관의 음식이 맛난 것으로 유명하기 때문인지 자리가 쉽게 나지 않았다. 시우 일행은 잠시 서서 기다리다가 식사를 끝낸 손님이 자리를 비우자 그곳을 차지하고 앉았다.

여관 종업원이 정신없이 서두르며 상을 정리했다.

"어서 오세요. 무엇을 주문하시겠습니까?"

시우가 루리를 돌아보며 물었다.

"뭘 먹을까?"

루리가 난감해하며 고개를 저었다.

"그냥 오빠가 먹고 싶은 걸로……."

"나나! 나 고기가 먹고 싶어!"

로이가 끼어들어 소리쳤다.

"루리는?"

시우가 재차 묻자 루리도 어쩔 수 없었다.

"그럼 저도 고기를……."

"세리카는?"

"아무거나 상관없다."

시우는 종업원에게 주문했다.

"돼지 수육 4인분이랑 맥주 4잔이요."

"예. 주문 받았습니다."

시우는 떠나가는 종업원의 뒷모습을 바라보다가 주변을 둘러보았다. 아무래도 손님이 많아 음식이 오려면 좀 시간이 걸릴 것 같다는 생각이 들었다.

의자 등받이에 몸을 맡기며 쉬려고 하는 순간 시우의 등 너머로 손님들의 목소리가 들려왔다. 옷은 평상복이었지만 허리에 검을 차고 있는 모습이 아마도 용병인 모양이었다.

"어이, 그 소문 들었나?"

"소문이라니?"

"이 제페스에 신진 고수가 나타났다는 소문 말이야."

"또 허풍쟁이가 하나 나타났나보군."

"아니, 아무래도 단순한 허풍쟁이는 아닌 듯해. 내가 어젯밤 뇌검 테스에게 직접 들은 이야기인데 대단한 인물이라는 모양이야."

"뇌검 테스가?"

이야기를 듣던 남자가 놀라 음성을 높였다.

"테스뿐이 아니야 난다 긴다 하는 익시더들이 모두 입을 모아 그를 칭송하더군."

"에이, 이 사람이. 거짓말을 하려거든 바로 하게. 어찌 익시더란 작자들이 칭송까지야."

"거짓말이 아니라니까 이 사람이? 듣기로는 맨손으로 카스탄을 박살내는 마법사라더군."

이야기를 듣던 시우의 눈썹이 꿈틀거렸다.

"에잉, 이 사람이 또 무슨 농담을 하려고. 카스탄이 어떤 괴물인데 맨손으로 때려잡는단 말인가? 익시더도 제대로 된 무기가 없으면 상대조차 힘든 것이 카스탄이거늘 하물며 마법사라니?"

"아 거 참, 사람이 답답하네 그려. 그 테스가 직접 말했다니까! 키가 아직 9뼘도 안 되는 어린 소년이지만 카스탄에게 단신으로 달려드는 담력과 실력은 진짜라고 하더군."

화자가 신경질을 부리자 청자도 흥미를 보이기 시작했다.

"거 누군지 이름이나 들어봅시다."

"베헬라의 마법사, 체슈. 검은 머리에 검은 눈을 가지고 특이하게도 마법사면서 검술 실력이 뛰어나다고 하더군. 게다가 허리에는 세실강으로 만든 검을 차고 다닌다고 하니 만약 발견한다면 한 눈에 알아볼 수 있겠지."

시우가 화들짝 놀랐다.

그리고 그 이야기를 함께 엿듣던 루리와 로이도 눈이 동그랗게 커졌다.

세리카는 시우와 시선이 마주치자 마치 '나도 다 겪은 일이다' 라는 표정으로 눈웃음을 짓고 있었다.

시우의 얼굴이 빨개졌다.

"검은 머리라니 저 소년처럼 말인가?"

청자가 듣다가 한 마디 하자 화자와 이야기를 엿듣던 손님들이 시우에게 시선을 돌렸다.

"아, 아니. 테스의 이야기엔 부합하지만 아직 너무 어리지는 않은가?"

화자는 자신 없는 표정으로 고개를 갸웃거렸다.

시우는 마법사임을 주장하는 로브를 차려입고 허리에 검을 차고 있었지만 얼굴이 너무 어려 보였다. 그도 그럴 것이 시우의 육체나이는 고작 16세밖에 되지 않았고 동양인의 동글동글한 외모는 서양인에겐 보다 어리게만 보였기 때문이었다.

시우는 쏟아지는 시선에 참지 못하고 후드를 뒤집어썼다.

하지만 그건 더 의심의 눈길을 끄는 행위였다.

처음에는 아닐 거라 판단했던 화자가 시우의 뒤통수를 뚫어져라 쳐다봤다. 그러나 그런다고 시우의 정체를 알 수 있는 것은 아니었다.

이내 시우를 향한 화자와 청자의 관심은 떨어져 나갔지만 그들의 이야기를 엿듣던 몇몇 손님들이 시우를 유심히 관찰하기 시작했다.

"으으, 테스. 은혜를 원수로 갚다니."

시우가 신음을 흘리자 세리카가 시우의 생각을 고쳐주었다.

"아니, 테스는 분명 은혜를 갚는다는 생각으로 소문을 흘렸을 거야."

"그건 무슨 소리야?"

"용병의 명성이 무엇으로 이루어진다고 생각해? 바로 입소문이야. 특히 실력이 입증된 익시더들의 입에서 나온 입소문은 확실한 힘을 가지지. 아직 넌 신출내기 용병이야. 실력에 비해 대우를 받지 못할 입장이지. 그 때문에 테스는 네 명성을 올리기 위해 굳이 네 소문을 떠들고 다닌 거야. 아마 이번 임무에 참가한 다른 용병들도 열심히 네 소문을 떠들고 다닐걸? 그중에는 그냥 취해서 네 무용을 떠들고 다니는 놈들도 있겠지만, 이번 임무에서 네가 한 일을 잘 생각해봐. 익시더들의 팔다리를 고쳐주고 데브의 꾀로 죽어가던 용병들을 살렸으니 아마 취하기만 하면 네 이야기가 나올걸? -그땐 베헬라의 마법사가 아니면 죽을 뻔했지- 라면서."

시우는 한숨을 내쉬었다.

그깟 명성, 이렇게 부끄러운 일을 당할 바에야 필요 없다는 생각이 들었다.

그러나 잠시 생각을 거듭하니 어쩌면 꼭 필요한 일일지도 모른다는 생각도 들었다.

만약 시우에게 그러한 명성이 처음부터 있었다면 케넨이 시우를 얕보고 야습을 해오는 일은 없었을지도 모를 일이었다.

그렇게 생각하자 이 정도 수치는 견딜 만하다는 생각도 들었다.

Respawn

NEO FUSION FANTASY STORY & ADVENTURE

13장.

죽음을 섬기는 성녀

13장.
죽음을 섬기는 성녀

리스폰

생각을 정리하며 잠시 기다리니 주문했던 돼지 수육이 나왔다.

돼지 수육은 향신료가 함유된 물로 푹 삶아 얇게 썰려 나왔는데 맛을 보니 물기를 뺀 뒤 소금을 잘게 갈아 뿌려서 간을 한 듯 짭짤했다.

그러나 워낙 향신료가 비싸다 보니 재료를 아꼈는지 비린내를 전부 잡지 못해 시우는 먹기가 괴로웠다.

그러나 루리와 로이는 소금 간이 되어 있는 것만으로도 충분했는지 아주 맛나게 수육을 입에 쑤셔 넣고 있었다.

세리카도 별다른 불만은 없는 모양이었다.

시우는 갑자기 김치가 생각났다.

김치에 싸서 먹던 돼지 수육이 떠올랐다.

김치는 무리라도 새우젓이나 쌈장이 있으면 배추에 싸서 보쌈을 해먹을 텐데 이곳에는 새우젓도 쌈장도, 고추장도 보이지를 않았다.

시우는 은은하게 비린내가 풍기는 퍽퍽한 고기를 억지로 입에 쑤셔 넣었다.

맥주로 입가심을 하며 홀짝거리니 먹을 만은 했다. 주객이 전도되어 술안주를 먹는 기분이 들었던 것이다.

시우는 조금 실망스런 기분으로 턱을 괴며 맛나게 수육을 먹는 루리와 로이를 바라보았다. 시우의 입맛에는 맞지 않았으나 맛있게 먹는 아이들을 보니 절로 흐뭇해지며 별로 상관이 없다는 생각이 들었다.

시우는 돼지 수육을 반 접시나 남겼지만 다들 한 접시로 배가 가득 찬 모양인지 대신해서 먹을 사람이 없었다.

시우는 종업원에게 음식 값을 계산하면서 물었다.

지금까지는 시우의 마법으로 식수를 해결했지만 집에 식수 대용의 맥주를 상비해놔도 나쁘지는 않다는 생각이 들었다.

"맥주는 한 배럴에 얼마나 하죠?"

"160페니만 지불하세요."

시우는 맥주 값을 지불하고 배럴통을 아이템창에 챙겨 나왔다.

보통이라면 맥주를 배달하기 위해 장정이 두셋은 필요한 무게였지만 시우에겐 그럴 필요가 전혀 없었다.

시우는 루리와 로이를 대동하고 바람 여관을 나와 집으로 향했다.

도중에 로이가 오줌이 마렵다며 골목으로 들어갔다.

이곳은 하수도의 개념이 없어 화장실도 따로 없었다. 빗물이 흐르도록 파놓은 물길, 수로에 배변을 하면 그곳이 바로 화장실이었다.

물론 노출을 피하기 위해 군데군데 판막이를 세워둔 곳도 있었지만 말 그대로 수로가 가로지르는 위로 판막이만 세워뒀을 뿐이었다.

그 조잡한 수로의 구조 덕분에 비가 진탕 내리는 날이면 각종 오물들이 수로에서 넘치기도 했고 오물로 수로가 자주 막히는 곳엔 결코 씻어낼 수 없는 악취가 깊게 배어 있기도 했다.

잠시 후 골목으로 들어갔던 로이가 모습을 드러냈다.

제법 시원한지 밝은 얼굴이었다.

로이가 자연스럽게 시우의 손을 잡아왔다.

시우는 그 작은 손을 단단히 붙잡고 집으로 향했다.

원력의 이론 수업은 일단락이 지어졌지만 세리카는 그녀의 집으로 돌아가지 않았다. 시우는 신경 쓰였지만 굳이 내쫓지는 않았다.

시우가 그녀의 도움을 수락한 이상 그녀와 시우는 한 배를 탄 사이이니까.

그래도 그녀가 보는 앞에서 포스칸 상급 검술을 연마하는 것은 할 수 없어서 시우는 마력의 통제력을 늘리는 연습을 하기로 했다. 드라고니스의 단어는 차차 외워가는 중이었으니 좀 더 정확하고 빠르게 드라고니스를 발음할 수 있도록 마력의 컨트롤이 능숙해져야만 했다.

또한 시우는 한 가지 착안점을 가지고 있었다.

시우가 테트라의 마을에서 지낸 반년 사이, 시우의 정신력은 3포인트밖에 늘어나지 않았다. 그러나 마력을 느끼고 속성을 바꿀 수 있게 되면서 마력의 컨트롤을 연습했던 지난 한 달, 시우의 정신력은 무려 5포인트나 늘어났던 것이다.

마력을 다루는 기술은 정신력의 단련도 되니 원력의 각성에도 도움이 될 수 있을 거라는 것이 시우의 착안점이었다.

시우는 저녁노을이 세계를 붉게 물들이기까지 마력을 통제하며 시간을 보내다 문득 정신을 차렸다.

벌써 이렇게 시간이 흐른 줄도 모르고 훈련에 푹 빠져있었던 것이다.

주변을 둘러보니 앉아서 턱을 괴고 시우를 바라보던 세리카가 보였다.

아무래도 낮에 보았던 그 자리에 있는 것이 하루 종일 시우의 훈련을 지켜본 모양이었다.

그 시선에 괜히 멋쩍어진 시우는 뺨을 긁적이며 말을 걸었다.

"저녁, 먹고 갈 거야?"

"응."

시우는 그 자리에 털썩 주저앉아서 리젠을 시작했다.

들이마신 호흡이 왼쪽으로 향하며 심장을 관통해 회전했다. 정확히는 호흡을 통해 들어온 마력이었다. 그것은 빠르게 좌회전을 하고 있었다. 그것을 느낀 시우는 다시 호흡을 통해 마력을 내뱉었다. 이번에는 오른쪽 가슴에서 기관지를 향해 마력이 빠져나갔다.

들어오든 나가든 마력의 회전을 가속시키는 방법이었다.

이것이 바로 리젠. 체내에 마력을 쌓고 생명력을 회복하는 기술이었다.

시우는 그렇게 40분가량을 깊게 호흡한 뒤에야 소모된 마력을 전부 회복할 수 있었다.

세리카는 시우에게 억지를 부리며 점심에 있었던 오명을 벗어내고자 했다. 이번에는 제대로 요리를 하겠다는 소리였다. 그러나 시우는 허락하지 않았다. 음식의 요정이 재차 탄생하는 것은 사양이었다. 세리카는 억울했지만 저녁식사는 루리의 담당이 될 수밖에 없었다.

시우는 루리의 요리에 흡족해하며 세리카에게 물었다.

"아, 그러고 보니 세리카. 이곳에서 상식을 쌓기에 가장 적당한 곳이 어딜까?"

"상식?"

세리카가 고개를 갸웃거렸다.

"전에도 말했지만 나는 이곳에서 아주 먼 곳에서 왔거든. 전부터 느끼는 거였지만 나는 이곳에 대한 상식이 많이 부족한 모양이야."

세리카는 시우의 말에 고개를 주억거렸다.

"그렇다면 도서관에 가보지 그래? 상식은 물론 지식도 쌓을 수 있으니까."

세리카의 말에 시우의 동작이 굳었다.

"도서관이 있다고?"

"그럼 있지. 이렇게 큰 도시에 도서관 하나가 없을까? 물론 내성으로 들어가야겠지만 이번 임무로 제법 돈을 벌었지? 그걸로 시민권을 구입하면 되겠네."

시우는 골똘히 생각에 잠겼다가 세리카의 말에 대답했다.

"아아, 시민권은 이미 있어. 그럼 내일은 도서관에 한번 들러봐야겠군."

시우의 혼잣말에 루리가 조심스럽게 손을 들었다.

"저, 저도 도서관에 들를 수 있을까요?"

"루리 너도? 그야 물론 시민권이 있으니 문제는 없지만, 글을 읽을 수 있어?"

이곳의 문맹률이 생각보다 높음을 알고 있는 시우에겐 당연한 의문이었다.

"어머니가 비싼 돈으로 글방에 보내주셨어요. 글을 모르는 무지렁이는 무엇을 해도 대성을 할 수 없다면서……."

글을 읽을 수 있다는 것은 귀한 능력이었지만 루리는 부끄러워하며 슬프게 웃고 있었다.

아마도 돌아가신 부모님이 떠오른 것이리라.

시우는 루리의 머리를 쓰다듬어주었다.

"그럼 내일은 다 같이 도서관에 갈까?"

시우의 말에 접시에 고개를 박고 열심히 음식을 떠먹던 로이가 퍼뜩 고개를 들었다.

그 눈은 반짝반짝 빛이 나고 있었다.

"도서관이 뭐야? 먹는 거야?"

그런 로이의 질문에 시우와 세리카, 그리고 루리 마저도 웃음을 터트리고 말았다.

도서관은 책이 굉장히 많이 모인 곳이라는 시우의 설명에 로이는 실망한 눈치였다. 그러나 돌아오는 길에 외식을 하자고 말하자 로이는 금방 기운을 차리고 만세를 부르며 집안을 방방 뛰어다녔다.

이튿날, 내성에 들어가 시민들에게 물어물어 도서관을 방문한 시우는 혼란스러운 생각을 정리할 수 없었다.

시우는 도서관에 들어서 가장 먼저 보이는 책을 뽑아들었다.

약초학.

책을 펼치니 생소한 식물들의 그림과 설명이 쓰여 있었다. 하지만 시우가 찾는 종류의 책은 아니었다.

시우가 찾는 책은 좀 더 다른 것이었다. 이를테면 현실에는 없고 이곳 특유의 문화가 가득 적힌 책.

책장들을 훑어보던 시우의 걸음이 멈춰 섰다.

시우가 멈춰선 곳은 헤카테리아의 각 국가의 역사를 알 수 있는 역사관련 책장이었다.

시우는 정신없이 책을 뽑아 훑어보았다.

생소한 이름과 생소한 역사, 생소한 문화와 생소한 풍습.

시우는 뽑아든 역사서를 꽂고 다른 책을 뽑아보았다. 역시나 생소한 내용들이었다.

"이건……."

시우의 등줄기로 식은땀이 흘렀다.

시우가 지금까지 읽어본 책은 모두 세 권이었다.

하나는 '포스칸 상급 검술', 하나는 '헤카테리아 대륙 공용어의 글공부' 책, 마지막으로 마법명문의 귀족 듀봉 프러스티가 작성했다고 알려진 '드라고니스에 대한 모든 것'. 이렇게 전부 세 권이었다.

처음 포스칸 상급 검술이나 글공부 책을 읽던 시우는 아무 생각이 없었다.

글공부 책을 읽으며 시우는 거기에서 하나의 문화를 느꼈지만 이 정도 언어 체계는 실존하는 언어를 가져와 채택할 수도 있다고 생각했고 검술 또한 실존하는 검술 서적을 그대로 복사했을 것이라 생각했다.

그래서 그런지 드라고니스 서적에 대해서 읽을 때는 제법 감탄을 많이 했었다.

일단 발성부터가 결코 현실에는 실존할 수가 없는 체계였고 현실에는 없는 문화나 역사에 대한 언급이 많아 이 서적을 집필했을 운영자가 제법 고생을 했을 것이라고 생각했던 것이다.

그러나 그것은 그러한 책이 하나일 때의 이야기였다.

약초학? 그런 건 현실에도 얼마든지 있었다. 실존하는 약초학 책에 게임 설정의 약초들을 몇 가지 끼워 넣는 것이야 그렇게 어려운 일도 아니었다.

그러나 역사책이라니? 헤카테리아 독자의 역사를 집필한 책이라고?

한 권도 아니고 열 권도 아니고 보기에도 답답해지는 두꺼운 책이 백여 권을 넘어가고 있었다.

고작 하나의 게임을 위해서 이렇게까지 할 수가 있을까?

물론 초과학이라고까지 칭송되는 현대의 인공지능을 이용해 NPC들에게 책을 집필하게 만든다면 현실에는 없는 새로운 책을 만들 수도 있었다.

그러나 역사책이다. 천년 만년 수많은 시간을 쌓아올린 이곳 독자의 문화가 적힌 책은 얄팍한 게임 세상의 설정 따위로는 만들 수가 없는 책들이었다.

시우는 머리가 어질어질했다.

이곳은 정말 게임일까?

한참 전부터 시우의 마음 깊은 곳에 돋아났던 의심의 새싹이 자라나 꽃을 피웠다.

시우가 비틀거리자 세리카가 걱정하는 표정으로 다가왔다.

"왜 그래? 어디 안 좋은 거야?"

시우의 시선이 세리카를 향했다.

세리카는 NPC가 아닌 걸까?

세리카의 표정은 정말 실감났다. 그녀의 감정은 진짜처럼 보였고 비단 그녀뿐 아니라 지루한 듯 무심하게 하품하며 책장을 넘기는 사서나 요리책을 찾아 기뻐하는 루리와 실망한 표정의 로이도 모두 진짜 사람처럼 보였다.

하지만 그것은 게임의 NPC들도 충분히 지을 수 있는 표정이었고, 행동이었다.

'모르겠어.'

시우의 머릿속이 텅 비었다.

오로지 머릿속을 채우는 단어들은 '하지만' 뿐이었다.

하지만 그럴 리가, 하지만 달이, 하지만 레벨이, 하지만 몬스터가, 하지만 마법이, 하지만 익시더가, 하지만, 하지만, 하지만, 하지만……!

"체슈!"

"……!"

"도대체 왜 그래?"

시우는 머리를 움켜쥐었다.

어렵사리 리젠을 사용하며 평정을 되찾았다.

빠르게 두통이 사라지고 체내에서 뜨겁게 회전하는 마력이 느껴졌다.

지금까지는 그러려니 했던 마력을 느끼는 감각조차 이제는 시우의 심기를 불편하게 만들고 있었다.

시우는 인상을 찌푸렸지만 리젠을 풀지는 않았다. 리젠을 풀어버리면 단번에 정신이 나갈 것만 같았다.

이렇게라도 정신력을 붙들고 있어야 했다.

"오늘은 머리가 아프네. 도무지 책을 읽을 기분이 아니야."

시우는 그대로 비척비척 걸어서 도서관을 나섰다.

바깥 공기가 마시고 싶었다.

도서관을 나오니 그곳에는 마침 긴 행렬이 지나가는 중이었다.

도서관은 영지성을 중심으로 동서남북 사방으로 뻗은 네 개의 대로 중 남대로의 주변에 위치하고 있었던 덕분에 목도할 수 있었던 광경이었다.

중요한 인물이 타고 있음직한 마차를 100여 명의 기사들이 지키며 영지의 중앙, 영주성을 향하고 있었다.

기사라고는 해도 청결한 가죽갑옷 위로 급소에만 붉은색의 금속을 덧댄 약식갑주를 입고 있을 뿐이었다. 그러나 이런 대행렬을 처음 보는 시우는 그들에게서 묘한 위압감을 느낄 수 있었다.

호기심에 왼쪽 눈을 가려보았다.

헤드로 Lv.85

붉은 달과 죽음의 여신을 섬기는 베헬라 교단의 성기사단 단원. 아무도 거들떠보지 않는 빈민가 출신의 고아였지만 성력을 각성하고 베헬라 교단의 대사제에게 발굴되어 성기사로 키워졌다. 성녀를 수호하는 임무를 가진 수호성기사로 뽑힌 것을 영광으로 느끼며 성녀를 위해서라면 목숨을 던질 각오가 되어있다.

상세정보…….

"레벨이?"

적어도 능력치는 세리카와 비등한 수준이었다.

깜짝 놀라 다른 성기사들의 능력치도 확인해 보았지만 다른 성기사들도 크게 다르지 않은 레벨을 가지고 있었다. 개중에는 처음 타겟팅한 헤드로보다 강한 성기사도 있었다.

한 명 한 명이 모두 세리카와 비슷한 능력치를 지니고 있었다. 물론 레벨과는 상관이 없는 마력, 성력, 원력 등을 따지면 전투능력은 레벨만으로 가늠할 수 없는 것이긴 했지만 저 정도 수준의 성기사가 100명이나 모여 있다는 사실은 충분히 놀라고도 남을 일이었다.

시우는 성기사들의 설명 문구를 하나하나 살피고 공통점을 찾았다.

여기에 모인 100여 명의 성기사들은 모두 성녀를 보호하는 임무를 띤 수호성기사였다.

즉, 이들의 보호를 받는 저 마차 안의 인물이야말로 베헬라를 섬기는 성녀일 것이다.

'신이라.'

시우의 얼굴이 딱딱하게 굳어졌다.

만약 의심이 깊어지기 전의 시우였다면 딱히 신이라는 말을 들어도 별다른 감흥은 없었을 것이다.

으레 게임의 신이 그렇듯 운영자 혹은 관리 프로그램을 신이라 부르는 경우가 흔했고 설정상으로만 존재하는 신도 있었기 때문이었다.

시우는 이미 헨리를 만나며 이 세계에도 성직자가 있다는 사실은 알고 있었다. 그러나 시우가 생각하는 성직자는 전투 보조 직업의 개념이 강해 성직자가 신을 믿는 존재라는 것까지는 미처 생각지 못했다.

만약 저 신이라는 존재가 운영자였다면 벌써 시우에게 접촉을 해왔을 것이다. 그러나 그러지 않았다는 것은 설정상으로만 존재하는 신이거나 이 게임의 관리 프로그램일 가능성이 높다는 것을 시사하고 있었다.

아니면 정말로 이 세계를 지배하는 진짜 신이거나.

진짜 신이라니.

시우는 자신도 모르게 떠올린 생각에 고개를 저었다.

현실에 있을 때도 무신론자였던 시우가 게임일지도 모르는 세상 속에서 진짜 신을 찾다니.

그러나 이곳이 게임이든 혹은 그렇지 않은 곳이든 신이라는 작자와 접촉할 수 있다면 이곳의 비밀을 밝힐 수 있을지도 모른다는 생각이 들었다.

하지만 어떻게?

시우의 시선이 멀어져가는 행렬의 마차를 향했다.

성녀라면 어쩌면 신과의 대화가 가능할지도 모른다는

생각이 들었다.

그러나 성녀였다. 평균레벨이 90에 가까운 100여 명의 성기사에게 보호받는다는 사실은 그녀의 지위가 얼마나 높은 것인지를 알려주고 있었다.

고작 용병, 이제야 겨우 제페스의 시민권을 취득한 시우가 그녀와 대화를 하는 것이 가능이나 할까?

시우는 알 수 없었다. 하지만 이대로 기회를 놓칠 수는 없었다.

마법을 사용해 옆 건물로 날아올랐다. 지붕에 착지하고 지붕에서 지붕으로 몸을 던지며 행렬의 뒤를 쫓았다.

당장에는 성녀와 접촉할 묘안이 떠오르지 않았지만 성녀를 따라다니다 보면 기회가 생길지도 모른다는 생각이 들었던 것이다.

시우는 혹시라도 성기사들에게 들킬까 기척을 죽였다.

아무리 그들의 레벨이 시우보다 높다지만 꾸준한 훈련으로 단련된 시우의 기척을 알아차리기에는 무리가 있다고 생각했다.

그러나 그것은 시우의 생각일 뿐이었다.

"꼼짝 마라."

시우는 귓가를 스치는 음성에 소름이 끼쳤다.

절대 들키지 않을 거라 생각했는데? 아니, 그것보다도 시우는 저들을 쫓으면서도 리젠을 사용하고 있었다. 리젠을 통해 초월적으로 민감해진 시우의 감각을 속이고 접근하는 것이 가능하단 말인가?

시우는 급히 도약하며 뒤를 돌아보았다.

다른 성기사들과 마찬가지로 약식갑주를 입은 남자가 보였다. 그러나 그는 다른 성기사들과 다르게 거기에 더해 붉은 망토를 두르고 있었다.

시우가 크게 경계하는 반면 망토를 두른 성기사는 나른해 보이는 표정이었다.

시우는 그를 타겟팅 해보았다.

숀터 가레인 Lv.159

붉은 달과 죽음의 여신을 섬기는 베헬라 교단의 성기사단 단장. 수호성기사들의 대표이며 베헬라 교단의 아홉 추기경 중 한 명이다.

상세정보……

상세정보는 확인할 것도 없었다.

저 정도 레벨이라면 성력이나 원력 등의 내력을 제외한 순수한 육체의 능력치만으로 시우의 마법에 저항할 수 있을지도 모른다는 판단이 섰다.

한마디로 괴물.

결코 맞서 대항할 수 있는 존재가 아니었다.

시우는 즉시 이곳을 이탈하기로 결정했다.

"[시간이 가속된다. 헤이스트!]"

시우의 주문에 가레인의 눈썹이 꿈틀거렸다.

그러나 그가 그러거나 말거나 시우는 그에게서 등을 돌리고 전력으로 몸을 던졌다.

지붕 위는 너무 시야가 트여있다. 아무리 시우의 순발력이 헤이스트로 두 배가 됐다지만 가레인이라는 성기사의 레벨은 시우의 레벨을 세 배나 넘어가고 있었다.

어쩌면 이렇게 빨라진 시우보다도 가레인의 순발력이 더 빠를 수도 있었다.

시우는 골목으로 떨어져 내렸다.

헤이스트는 이런 점이 좋았다. 촉박한 상황에 생각을 하며 판단을 내릴 시간이 주어진다.

시우는 빠르게 도약하며 골목 깊은 곳으로 들어갔다.

땅을 박차고 몸이 허공에 떠오르는 짧은 시간이 지금의 시우에겐 너무 답답했다. 발이 허공에 떠오르면 몸을 가속시키기에도 방향을 전환하기에도 제약이 걸렸다.

발바닥에 마법의 인력을 작용시키자 시우의 몸이 좀 더 빨리 추락했다.

발을 붙잡는 인력이 질척질척 시우의 체력을 갉아먹었지만 이동속도는 더욱 폭발적으로 상승했다. 땅을 박차는 순간 인력을 풀고 허공에 몸이 떠오르면 다시 인력을 작용시키는 작업을 반복했다.

헤이스트로 시우의 사고속도가 가속되지 않았으면 할 수 없는 고난이도의 마력 통제였다.

골목을 돌아 모습을 감춘 시우는 발에 적용되는 인력을 강화해 벽을 타고 올라 작은 발코니의 난간에 착지했다.

도망을 가는 것은 무리였다. 숨어야 했다.

필사적으로 기척을 숨겼다. 발에 작용하는 마법도 풀었다. 시우의 체내에서 고요하게 회전하던 마력조차도 시우의 의지에 감응하며 동작을 멈췄다. 마력 감지 능력이 뛰어난 대마도사도 지금의 시우는 발견할 수 없었다.

그러나 가레인은 달랐다.

애초에 시우는 가레인의 시야에서 벗어나지 못했다.

시우의 머리 위로 그림자가 드리웠다.

시우는 위를 확인할 사이도 없이 몸을 던졌다. 몸을 감추고 있던 발코니가 가레인의 주먹에 산산조각 나는 것이 보였다.

천천히 피어나는 먼지구름을 바라보며 시우는 식은땀을 흘렸다. 그 순간 먼지구름을 가르고 붉은 섬광이 튀어나왔다.

가레인이었다.

건물 벽을 박찬 그가 시우에게 날아오고 있었다.

가레인의 몸놀림은 헤이스트로 가속된 시우에게도 감당할 수 없을 만큼 빨랐다.

퍼억!

가레인의 주먹이 시우의 복부를 가격했다. 그 엄청난 충격에 갈비뼈가 박살나고 생명력이 단숨에 100포인트 가량 뚝 떨어졌다.

고통에 정신이 아찔해진 사이 가레인이 시우의 팔을 꺾어 제압했다.

그리고 헤이스트의 적용시간이 끝났다.

파아아앗!

시우의 시간이 느려지고 세계는 빠르게 빙글빙글 돌아가며 시우를 어지럽게 만들었다.

가레인이 시우에게 뭐라고 떠들고, 어딘가로 끌고 갔지만 시우는 알아들을 수도 저항할 수도 없었다.

그리고 시우가 간신히 헤이스트의 반작용에서 빠져나왔을 때, 시우는 마차의 앞에 있었다.

뺨을 바닥에 짓이기고 비튼 팔이 아파왔다. 가레인에게 확실하게 제압되어 꼼짝도 할 수가 없었다.

시우는 토혈했다.

가레인의 주먹에 맞았을 때 내장을 다친 모양이었다.

바닥의 오물과 진득한 피가 뒤섞이며 시우의 뺨을 더럽혔지만 시우로선 어쩔 수가 없었다.

"정신을 차렸나? 성녀님의 앞에서 허튼 수작을 한다면 네놈을 죽이겠다. 알아들었으면 고개를 끄덕여라."

시우는 고개를 끄덕였다.

"먼저 네놈의 정체를 밝혀라. 아까 이상한 주문을 외웠지? 그건 드라고니스가 아니었다. 즉 네놈도 교단 소속의 사제일 터. 어느 교단의 놈이냐. 파일로스냐 아니면 다인 두스? 대답해!"

가레인이 시우의 팔을 더욱 강하게 비틀었다. 그렇잖아도 지끈지끈 아파오던 관절들이 비명을 질렀다. 만약 조금이라도 더 힘을 준다면 어깨가 빠질지도 몰랐다.

"크윽! 나, 나는 그저 성녀…님의 방문 소식을 듣고 얼굴이 보고 싶었을 뿐……!"

"그런 헛소리를!"

가레인이 주먹에 성력을 끌어 모았다. 마치 원력과 비슷하면서도 전혀 다른 성질의 붉은 아우라가 타올랐다.

차라리 원력보다는 마력과 비슷한 느낌의 기운.

그것을 시야에 담은 시우의 뇌리에서 시끄러운 경종이 울렸다.

'저건 위험해!'

그것은 마력을 탐구하는 마법사로서의 본능이었다.

죽고 싶지 않았다. 시우가 발버둥을 치며 몸을 비틀자 어깨에서 뚜둑하고 무언가가 끊어지는 소리가 들렸다.

오른팔의 어깨 관절이 빠졌다.

그와 함께 끔찍한 격통이 밀려왔지만 죽음의 공포 앞에서 신경 쓸 바는 아니었다. 시우는 가레인의 손에서 벗어나기 위해 더욱 발버둥을 쳤다.

그때였다.

"잠깐!"

마차에서 소녀의 목소리가 터져 나왔다.

가레인의 주먹에 모인 성력이 신기루처럼 흩어졌다.

"베일을 걷으세요."

"하지만 성녀님!"

저것이 성녀의 목소리?

목숨을 건진 시우는 뒤늦게 밀려오는 격통에 인상을 찌푸리며 마차를 바라봤다.

성녀가 타고 있는 마차는 사방이 밀폐되어 있었는데 바깥을 내다보기 위해 뚫린 창은 안을 볼 수 없도록 베일이 드리워져 있었다.

그것이 걷어지며 한 소녀가 얼굴을 드러냈다.

부자연스러울 정도로 새빨간 머리카락, 루비와 비견될 아름다운 적안, 이목구비가 뚜렷해 아름답지만 한편으론 너무 아름다운 나머지 인형처럼 보이는 인상이었다.

시우는 순간 그녀의 외모에 넋을 놓았지만 상황은 그렇게 여유롭지 않았다.

이대로라면 죽을 지도 몰랐다.

이곳이 정말 게임이라면 시우는 다시 리스폰을 하겠지만 만약 이곳이 게임이 아니라면 시우는 정말로 죽고 말 것이다.

목숨을 담보로 확인하기에는 시우의 마음속에 자리한 의심의 감정이 너무 컸다.

살아남을 방법을 강구해야만 했다.

하지만 어떻게?

플레어, 디그, 프리징, 매지컬 실드, 허리케인, 레이징 웨이브, 스트렝스, 헤이스트. 먼저 마법 스킬들을 연상해 보았지만 이 상황에 쓸 만해 보이는 것은 헤이스트 뿐이었다.

그렇다면 스킬이 아닌 마법은? 마력이 가진 빛의 속성으로 시야를 가리고 빈틈을 만들어 파괴 마법으로 결정적인 일격을 가한다면 살아남을 수 있을지도 몰랐다.

시우는 리네가 확실히 달려있나 확인했다.

가레인은 시우를 얕보고 있었다. 리네가 여전히 허리에 매달려 있었다.

검술 스킬은 폭염검, 질풍 칼날, 섬광난무, 비룡참으로 네 가지가 있었지만 무엇 하나 가레인에게 통할 거란 생각은 들지 않았다.

가레인은 허리에 검을 차고 있었지만 아직 그것을 뽑지도 않은 상태였다.

시우가 고민하는 짧은 사이 성녀가 말했다.

"그분을 일으켜 세워서 제 눈과 마주치게 해주세요."

"성녀님!"

마차 안에서 노파심 짙은 늙은이의 목소리가 터져 나왔지만 성녀의 고집은 꺾을 수 없었다.

"가레인이 있으면 안심이에요. 그렇죠, 가레인?"

"성녀님의 안전에 죽음을 걸고."

가레인의 각오 서린 목소리에 늙은이가 끄응하고 신음을 흘렸다.

그것은 무언의 허용이었다. 아니 애초에 신분은 늙은이보다 가레인이 더 높았다. 그의 허용은 필요가 없었다.

가레인은 시우의 왼팔을 비틀어 올리며 시우의 몸을 일으켜 세웠다.

시우는 여지없이 성녀와 눈을 마주쳐야만 했다.

보석과 비교되는 아름다운 눈빛이 시우의 검은 눈과 마주쳤다. 그리고 그 순간 시우는 다시 넋을 잃고 말았다.

시우로서는 어쩔 수가 없었다. 성녀의 눈에는 시우의 상식으론 불가해한 마성이 깃들어 있었다.

그렇게 한참 시우의 눈을 바라보던 성녀가 마차 깊숙이 모습을 감추고 베일을 드리웠다.

"그분을 놓아줘요. 가레인. 그는 죽음을 감당할 생각이 없어요. 그가 말하는 것은 아마 사실일 거예요."

성녀의 말에 가레인이 잠시 주춤했다. 하지만 성녀의 명령이었다. 설사 명령에 따름으로 인해서 이 검은 머리의 소년이 성녀 암살을 시도한다고 해도, 그것을 저지하기 위해 가레인 본인이 죽게 된다 하더라도 가레인은 항명할 생각이 없었다.

가레인이 시우의 왼팔을 놓았다.

자유를 손에 넣은 시우는 얼떨떨한 기분이었다.

"꺼져라. 그리고 두 번 다시 그 얼굴을 보이지 않는 것이 좋을 것이다."

베헬라 교단의 행렬은 아무 일도 없었다는 듯이 다시 행진하기 시작했다.

그 뒤에 덩그러니 남겨진 시우는 서둘러 정신을 차리고 포션을 마셨다.

몸 상태의 호전을 확인하며 마차를 바라보고 왼쪽 눈을 가렸다.

베헬라 카렌 Lv.8

베헬라 교단을 대표하는 성녀. 베헬라 여신의 축복을 받으며 그녀의 머리카락과 두 눈은 타는 듯한 붉은 빛을 띠게 되었다. 그 붉은 눈에 깃든 마성은 누구도 저항할 수 없으며 성녀와 눈이 마주친 자는 죽음과 관련된 운명의 일부를 읽히고 만다.

상세정보…….

"카렌……."

하마터면 죽을 뻔했다.

시우는 지금부터라도 목숨을 더 소중히 다루자고 다짐했다.

적어도 이 세계가 게임이라는 사실을 밝혀내기 전까지는.

시우는 반성했다.

강해졌다고 생각했다. 이 세계에 대한 의문으로 조급하게 판단을 내리고 뛰는 이 위에 나는 자가 있다는 것을 잊어버렸다.

조금만 냉정하게 생각했다면 가레인과 같이 지금의 시우로서는 어쩔 수 없는 실력자가 있을 수도 있다는 사실을 알아챌 수도 있었을 것이다. 그러나 신과의 접촉에 집착한 나머지 미처 생각지 못했다.

시우가 미처 생각지 못한 것은 그 뿐이 아니었다.

성녀가 저토록 철통과 같은 호위를 받는다는 사실은 다른 무력집단에게 위협을 받고 있을 수도 있다는 사실을 뜻했다. 그리고 가레인은 시우를 그러한 집단의 일원으로 착각했다.

악재는 한 번에 쏟아지는 법인지 시우의 마법 스킬도 가레인의 의심을 촉발하는 방아쇠가 되었다.

그러고 보니 헨리가 성법을 사용할 때는 드라고니스를 사용하지 않았다는 것이 떠올랐다.

아마 시우의 마법 스킬 주문을 타 교단의 성법으로 착각해 의심을 확신으로 바꿨을 것이다.

아직 이 세계에 대한 상식이, 지식이 부족했다.

시우는 머리가 복잡하다고 필요한 일을 내일로 미룰 정도의 여유가 자신에게 없다는 사실을 자각했다.

도서관으로 돌아갔다.

가장 먼저 읽을 책은 이 세계의 교단에 대해서였다.

✛

"성녀님."

"네?"

"아마라는 발언은 성녀님답지 않았군요."

"…역시 티가 나나요?"

성녀 카렌은 대주교 프레한의 말에 난감한 듯 웃었다.

카렌은 고아였다.

부모가 언제 어디서 어떻게 죽었는지는 기억에 없다.

마지막으로 기억을 하는 것은 빈민가를 방황하며 생선 뼈다귀를 손에 넣고자 고양이와 다투던 것. 카렌은 언제부터라고 할 것도 없이 부랑자의 삶을 살았다.

그런 그녀가 성력을 각성한 것은 7세의 일이었다.

지나가던 행인이 별나게도 파운드를 적선해 주었다. 아끼고 또 아끼면 반년도 더 먹고 살 수 있는 거금. 카렌은 두근거리는 가슴에 누리끼리한 금화를 품고 골목으로 숨어들었다. 그녀에게 금화가 있다는 사실이 밝혀지면 그것을 지킬 힘이 카렌에게는 없었으니까.

그러나 안타깝게도 그녀가 금화를 적선 받는 걸 지켜본 부랑자가 있었다.

고작 7세. 공복에 찌들어 비실거리는 팔다리로는 그의 손길에 저항할 수가 없었다. 그러나 카렌은 끝까지 포기하지 않았다.

세상은 7세의 여아가 살아남기에는 너무도 거친 곳이었다. 이것을 빼앗기면 결국 카렌의 운명은 굶어 죽는 것이 뻔한 결과였다. 맞아죽거나 굶어죽거나 카렌에게는 매한가지였다.

부랑자도 역시 공복에 찌들었기 때문인지 카렌은 한참 동안 사내의 주먹을 견뎌냈다. 헉헉 악취가 풍기는 거친 숨결을 귓가에 내뱉으며 사내는 카렌과 바닥을 뒹굴었다.

이내 포기했는지 그가 떠나갔다.

카렌은 움츠린 바닥에서 움직일 수 없었다. 그리고 사내는 다시 나타났다.

돌아온 그의 손에는 나무 몽둥이가 들려있었다.

팔이, 다리가 부러지고 머리가 깨졌다. 고기를 다지듯 다져진 살결은 퉁퉁 부어 스치는 옷깃에도 격통이 느껴졌고 몸은 제 뜻을 따라주지 않았다.

사내는 각목을 신경질적으로 내팽개치며 카렌의 가슴을 더듬어 금화를 빼앗았다.

그것을 두 눈으로 지켜보면서도 카렌은 꼼짝을 할 수가 없었다.

사내가 뱉어낸 가래가 뺨에 달라붙으며 지독한 냄새를 풍겼다.

카렌은 그렇게 골목길에서 죽어가고 있었다.

죽음이 두렵지는 않았다. 오히려 축 늘어져 이제 곧 치열한 생활을 끝낸다고 생각하니 죽게 되어 다행이라는 생각조차 들었다.

그렇게 카렌이 죽음을 받아들이는 순간 기적이 일어났다.

전신의 뼈가, 상처가 모두 한 번에 낫더니 사내의 몽둥이에 맞는 것보다도 더한 고통이 카렌의 몸을 관통했다.

비명을 질렀다.

참을 수 없는 고통에 끝없이 비명을 질렀다.

카렌의 머리카락과 두 눈은 그와 함께 천천히 붉게 물이

들고 뇌리에는 카렌의 것이 아닌 사고가 흘러들었다.

베헬라. 죽음의 여신.

그녀의 목소리였다.

죽음을 허락하지 않겠다. 너는 헌신하라.

카렌에게 거부권은 없었다.

그리고 정신을 차렸을 때, 카렌은 베헬라의 성당에서 깨었고 수많은 사제가 지켜보는 가운데 성녀로서의 운명을 받아들일 수밖에 없었다.

그 후로 그녀는 눈과 눈을 마주쳐 상대의 죽음에 관한 운명의 일부를 읽을 수 있는 신안을 가지게 되었다. 그녀의 체내에 떠도는 막대한 성력과 함께.

그러나 저 검은 머리의 남자아이에게선 아무것도 보이지 않았다.

신안은 만능이 아니었다. 그날그날의 컨디션에 따라서 어디까지 보이는지도 다르고 어떻게 보이는지도 달랐다. 죽음이 가깝지 않은 존재에게선 가끔씩 이와 같이 운명이 전혀 보이지 않는 경우도 있었기 때문에 카렌은 한줌의 의심도 하지 않았다.

그러나 꼭 신안이 있어야 알 수 있는 것은 아니었다.

검은 머리의 남자아이는 아직 어린 카렌이라도 알 수 있을 정도로 죽음에 저항하고 있었다.

그 처절한 모습에 못 이겨 카렌은 저도 모르게 말했다.

"그는 죽음을 감당할 생각이 없어요. 그가 말하는 것은 아마 사실일 거예요."

마치 신안을 통해 알아낸 듯한 발언이어서 카렌은 양심이 찔렸지만 상관없었다. 베헬라님의 교리는 만인에게 보다 나은 죽음을 선사하라는 것이니까.

저 소년이 여기서 살아남아 지금 죽는 것보다 나은 죽음을 겪을 수 있다면 베헬라 교단의 뜻을 거스르는 행동은 아니었다.

카렌은 한숨을 폭 내쉬었다.

지금부터 8개월 전, 베헬라님의 계시를 받았다.

죽음도 탄생도 거부하고 부활한 존재에 대한 이야기.

계시는 애매모호하고 그 의도조차 파악할 수 없었다.

찾으라는 의미일까? 죽이라는 의미일까?

죽음은 베헬라를, 탄생은 세일라를 뜻한다면 적 세력의 부활을 뜻하는 계시는 아닐까?

교황의 명령으로 베헬라께서 계시한 존재를 찾으러 카렌은 이곳 헤카테리아 최남단까지 떠나왔지만 이곳에 도착한 지 반년이 지나도록 적 세력의 부활은커녕 작은 징조조차 찾아볼 수 없었다.

카렌은 교황으로부터 귀환 명령을 받았다. 어쩔 수 없이 교황성을 향해 돌아가고는 있었지만 미련이 남았다.

베헬라께서 굳이 계시한 존재인데 그 실마리조차 파악

하지 못하고 돌아가는 것이 못내 아쉬웠던 것이다.

"죽음도 탄생도 거부한 존재라는 건 어떤 것일까요?"

카렌이 혼잣말을 중얼거렸지만 프레한에게서 대답은 돌아오지 않았다.

"죽는 것도 태어나는 것도 하지 못했다면 그것은 존재 자체에 대한 부정이 아닐까요?"

벌써 8개월을 반복한 의문이지만 카렌은 답을 알 수 없었다.

상념에 빠진 카렌의 뇌리에서 죽음을 볼 수 없었던 검은 머리의 소년은 이내 잊혀지고 말았다.

✤

성력.

신이 내린 성스러운 힘.

그러나 그 실상에 대해서는 말도 많고 탈도 많았다.

마법사들의 연구 결과에 의하면 성력은 마력이 변질된 형태의 힘이다. 성력을 가진 사제에게 드라고니스를 가르침으로서 마법이 발현된다는 것을 통해 증명된 사실이다.

마법사들은 이러한 사실로 성력은 신이 내린 힘이 아니라고 주장하고 있지만 교단에선 당연히 단호하게 부인하고 있었다.

설사 성력이 마력의 변질된 형태라 하더라도 그것이 신이 내린 능력이 아니라는 증명은 되지 않는다는 주장이었다.

그러나 만약 이것이 정말 신이 내린 능력이라면 성력은 신을 믿는 신자에게만 주어져야 할 능력이 아닐까?

마법사들의 반박에 교단들은 침묵했다. 성력이란 힘은 불특정다수에게 이유도 없이 일어나는 돌연변질의 결과였다. 때문에 헤카테리아의 삼대주교에 속하는 엘라 교단, 세일라 교단, 베헬라 교단은 성력을 각성한 자들을 섭외하는 것에 주력하고 있었다.

성력을 각성한 자에게 보다 나은 삶을 보장하여 빠르게 영입하는 것이 교단을 위한 길이었다. 신을 믿지 않는 자가 성력을 각성했다는 사실이 널리 알려져서 교단에 좋을 것은 아무것도 없으니까.

그런 교단의 입장에서 성녀란 그들의 주체성을 확립하는 가장 중요한 존재였다.

실질적인 교단의 지도자는 교황이었지만 성녀라는 존재가 신의 존재를 증명하지 못했다면 교단이라는 단체의 성립은 보다 어려운 길을 걸었을 것이다.

최초의 성녀는 신의 도움을 받아 신언이라는 언어를 하사받았다.

신언은 드라고니스와 같이 언어를 통해 성력으로 기적

을 일으키는 언어였다.

드라고니스와 다른 점이 있다면 드라고니스는 마력이라는 힘에 직접 작용하여 변형 가공의 과정을 거쳐야 결과를 도출할 수 있지만 신언은 인간의 발성 기관을 통해 발음되는 언어 표현에 따라 성력이 스스로 움직인다는 것이었다.

마법사들의 상식으로는 불가해한 현상. 인간의 편의를 위해 만들어진 기적.

이것이 어떤 원리를 통해 발현되는 현상인지 알아내지 못한다면 마법사들은 신의 존재에 반박할 수 없었다.

또한 성녀는 때때로 신의 뜻을 받으며 예지를 비롯한 인간의 영역을 넘어선 능력을 피력하기도 했다.

시우는 신언에 대해서 읽으며 가레인의 오해가 어디서 기인했는지를 알 수 있었다.

발성을 통해 기능하는 특수 능력. 그것이 바로 성력으로 발현되는 기적, 성법이었다.

하지만 그것은 시우의 스킬 또한 마찬가지였다.

신언이 아닌 한국어를 사용하긴 했지만 소속 교단의 일원이 아니면 이해할 수 없는 언어라는 점에서는 같았으니 가레인은 시우를 타 교단의 사제로 오인할 수밖에 없었을 것이다.

시우는 인상을 찌푸렸다.

만약 시우가 사제들의 앞에서 마법 스킬을 사용하면 앞으로도 이러한 오해를 받을 가능성이 있다는 것을 깨달은 탓이었다.

생각해보면 카스탄 사냥 임무에서 시우는 몇 번이나 마법사들 앞에서 마법 스킬을 사용했었다. 이제 와서 생각해보니 그들이 혹시라도 드라고니스를 배운 정식 마법사였다면 곤란한 처지에 빠졌을지도 몰랐다.

시우는 앞으로 조심할 행동 항목에 마법 스킬을 추가하며 책장을 넘겼다.

책에서는 헤카테리아의 삼대주교인 엘라, 세일라, 베헬라의 교리를 간단하게 요약하고 있었다.

각 교단의 경전이 그렇듯 엘라, 세일라, 베헬라 교단의 경전도 신과 성녀의 기적들을 기록하며 신의 위대함을 논하고 있었다. 덕분에 내용은 두꺼웠지만 거기에는 통일성이 있어 간단히 요약이 가능했다.

태양과 행운의 여신 엘라는 이타적인 행동에 대해 설파하고 있었다. 세상 모든 사람들이 남을 위해 행동하면 스스로 베푼 행위가 언젠가는 돌아와 서로를 위한 행복한 세상을 만들 수 있다는 것.

푸른 달과 탄생, 생명의 여신인 세일라는 모든 생명이 동등하며 귀하다는 내용을, 붉은 달과 죽음의 여신인 베헬라는 생명을 가진 존재라면 적어도 한 번은 죽음을 맞이하니 단 한 번 겪을 죽음을 보다 나은 죽음으로 만들기 위해 행동하라는 내용을 설파하고 있었다.

방법은 달라도 결국은 보다 나은 세상을 만들기 위해 노력하자는 내용들이었다.

그러나 내용을 죽 훑어보던 시우는 한 가지 의문을 느낄 수 있었다.

경전들은 각 신이 이룬 업적에 대해서 논하고 있었는데 가장 중요한 창조신화에 대한 내용이 적힌 경전은 없었다는 것이다.

신이 이룬 가장 큰 업적이라면 세상을 만든 것, 즉 창세일 텐데 적어도 삼대주교에서는 어디에서도 스스로의 신이 세상을 창조했다고 주장하지 않았다.

시우는 책을 덮었다.

상식과 지식을 쌓기 위해 도서관을 찾은 것은 정답이었다.

시우는 사서에게 다가가 책을 빌렸다.

방금 읽고 있던 '헤카테리아의 교단들'이라는 서적을 포함해 모두 세 권.

옆을 돌아보니 시우가 독서를 마치기까지 기다리던 루리와 세리카도 각자 책을 한 권씩 빌렸다. 로이에게 읽고 싶은 책은 없냐고 물었지만 로이는 글을 읽을 줄 모른다는 것만 알 수 있었다.

시우는 글을 모두 배운 후로는 사전삼아 사용하던 글공부 책을 루리에게 주며 로이에게 가르치라고 지시했다.

돌아가는 길에 루리가 식재료를 사고 가도 되냐고 양해를 구해왔다. 시우는 루리의 낌새를 알아채고 내성에서 값비싼 식재료들을 구입했다.

루리는 그럴 필요까지는 없다고 울먹였지만 맛있는 음식을 향한 시우의 집착을 말릴 수는 없었다.

돌아오는 길에 놀란 레스토랑에 들러 다 같이 비프 스테이크를 시켜먹고 내친김에 레드와인 몇 개를 추가 구입해 챙겨 나왔다.

"…이제는 괜찮은 거야?"

세리카가 조심스럽게 물어왔다.

순간 뭐가? 하는 의문을 느낄 정도로 시우는 평정심을 되찾은 상태였다.

대문 앞에 서서 세리카의 얼굴을 멀뚱히 쳐다봤다.

그리고 골목을 둘러보았다.

바닥을 훑어보고 시원할 정도로 새파란 하늘을 올려다보았다.

바람이 한 점 불어와 시우의 뺨을 기분 좋게 쓰다듬었다. 눈을 감고 바람을 즐겼다.

게임일까?

게임일지도.

하지만 시우는 이곳에서 나갈 수 없었다.

이곳에서 살아갈 수밖에 없다면, 그리고 시우가 느끼는 감정이 진짜라면 그 세계가 가짜냐 진짜냐는 별로 상관없다는 기분이 들었다.

"나는 괜찮아."

말을 마친 시우의 얼굴에 진짜 미소가 피어올랐다.

Respawn

NEO FUSION FANTASY STORY & ADVENTURE

14장.

와전

리스폰

집으로 돌아온 시우는 훈련에 앞서 정신력 스탯을 확인하려고 상태창을 열었다가 화들짝 놀랐다.

단 하루. 하루 만에 정신력이 4포인트나 상승해 버렸다.

최근 정신력 단련에 꽤나 공을 들이고 있던 시우에게는 바라 마지않던 일이었다. 그러나 정신력이 갑자기 상승하니 의심도 들었다.

정신력이라는 능력치의 이름에서 정신 상태와 크게 관계가 있을 것이라고는 추측할 수 있었다. 또한 짐작 가는 심상의 변화도 있었다. 그러나 그런 변덕과도 같은 기분 변화가 이렇게 큰 영향을 미치는 법일까?

의문이 강해지자 정신력 스탯이 1 떨어졌다.

시우는 긴장했다. 그리고 깨달았다.

정신력이 올라가는 것은 쉬울지 모르나 올라간 정신력을 유지하는 것은 결코 쉽지 않음을.

기껏 손에 넣은 기회였다. 이렇게 놓칠 수는 없었다.

시우는 그 자리에 풀썩 주저앉아 명상을 시작했다.

언젠가 우스갯소리로 생각했던 정신수양을 이렇게 하게될 줄은 몰랐다. 그러나 지금 중요한 것은 그것이 아니었다.

지금의 정신 상태를 유지해야 했다. 고작 3포인트에 불과하긴 하지만 지난 8개월 동안 10포인트도 간신히 올린 것을 생각하면 무려 2개월에서 3개월에 해당하는 능력의 상승이었다.

결코 쉽게 생각할 수는 없었다.

시우는 숨을 깊게 들이 마시며 리젠을 사용했다. 지금의 정신 상태에 영향을 미치는 의심, 의문, 조바심을 배제해야만 했다.

효과는 지대했다.

리젠을 시작한 지 1분이 채 걸리지 않아 떨어졌던 1포인트의 정신력 스탯을 되찾을 수 있었다.

'그런가. 심호흡은 명상의 기본이었지?'

버릇처럼 리젠을 사용한 시우의 뒤늦은 깨달음이었다.

시우는 리젠을 마력회복과 최대 마력량을 상승시키는

도구로만 생각해왔다. 간혹 전투를 앞두고 평정을 되찾기 위해 사용하는 경우도 있었지만 그건 덤인 경우가 많았다. 그러나 지금에 와서 생각해보면 리젠의 올바른 사용법은 오히려 마음의 평정을 이루는데 있을지도 몰랐다.

심호흡을 통해 체내에 들어온 마력으로 회복과 증강을 꾀하는 쪽이 오히려 덤일지도 모른다는 생각.

안 그래도 시우는 지난 8개월 동안 하루 평균 5시간을 리젠으로 소비해왔다. 몬스터를 사냥해 레벨을 올리는 것이 어려운 이상 마력량의 증가가 실질적인 무력의 상승이었으니까.

그렇게 생각하면 시우는 적어도 8개월 동안 꾸준히 명상 시간을 가져왔다는 이야기가 되었다. 새삼 정신수양이라고 별다른 행동을 할 필요는 없다는 뜻이었다.

세리카는 집에 도착하자마자 주저앉아 마력부터 모으는 시우의 모습에 고개를 저었다.

카스탄 사냥 임무 중에도 느낀 것이지만 시우의 행동을 지켜보면 그의 머릿속은 강해지는 것밖에는 없는 것 같았다. 그 정도로 시간만 났다하면 시우는 훈련에 단련을 거듭하고 있었다.

정말 진절머리가 나는 노력이었지만 한편으론 저렇게 하나의 목표를 두고 몰두할 수 있으니 어린 나이로 저토록 강해질 수 있었을 거라고 납득도 되었다.

시우의 방해가 될까 멀찍이 떨어져 앉아 그것을 지켜보던 세리카가 손톱을 물었다.

조바심이 났다.

시우는 강해지기 위해서 최선의 노력을 한다.

지금의 시우와 세리카는 무력이 비슷한 상태였지만 한쪽은 노력하고 한쪽은 지켜보기만 한다면 언젠가는 둘 사이에 차이가 벌어지고 말 것이다.

세리카는 그것이 마치 시우가 그녀를 뒤에 남겨두고 달려 나가는 것처럼 느껴졌다.

결국 세리카는 참지 못하고 자리에서 벌떡 일어났다.

세리카는 어린 시절 알테인의 능력을 잃고 말았다. 아무리 정신적으로 육체적으로 성장을 이뤘다지만 그녀의 정령술에 대한 숙련도는 어린 시절 그대로였다.

세리카도 아직 성장의 여지가 남아있었다. 정령을 소환해 훈련을 시작했다.

명상을 하던 도중 그것을 느낀 시우가 괜히 웃음을 터트렸다.

어째선지 정신력이 1포인트 더 상승했다.

그러나 거기까지였다. 혹시나 한참을 더 명상을 유지했지만 더 이상 정신력이 상승하는 경우는 없었다. 다행이라면 올라간 정신력이 리젠을 풀고도 떨어지지 않는다는 사실이었다.

시우는 그 후로 상태창을 닫지 않았다.

생활을 하면서 시야 귀퉁이에 항상 상태창을 열어두고 정신력이 올라가는 순간을 포착했다. 정신력이 올라가는 것이 확인되면 그게 어느 순간이든지 바로 명상에 들어가 떨어지지 않도록 붙잡아 두려는 것이었다.

시우의 정신력이 빠르게 상승했다.

그리고 그 효력은 드라고니스 훈련을 통해 똑똑히 나타났다.

한 번에 움직일 수 있는 마력량, 즉 출력이 몰라보게 달라졌다.

동시에 시우는 이 세계의 상식도 쌓아갔다.

이 세계의 교단에 대해서, 몬스터 도감, 귀족들의 식사 매너 등 지식의 종류를 가리지 않았다. 그 탓에 시우의 시간은 언제나 부족했다.

검술, 마법, 독서, 명상에 사용되는 시간을 모두 감안하면 루리의 존재가 얼마나 든든한지 몰랐다.

적어도 요리나 청소와 같은 집안일에 시간을 소비할 필요는 없었던 것이다.

루리가 도서관에서 요리책을 하나 둘 빌리기 시작할 후로는 음식도 맛있어졌다. 시우의 씀씀이에 적응한 루리도 이제 값비싼 재료를 사용하는 것을 사양하지 않게 되었고 시우는 하루하루 새로운 음식이 나오는 것을 기대하게 되었다.

항상 집안에서 홀로 외로이 놀고 있는 로이가 어쩐지 안쓰러워서 시우는 로이에게 가볍게 제작된 연습용 목검을 사다주었다.

처음에는 장난감을 사주려고 외출을 했는데 도무지 아이들이 쓸 장난감은 찾을 수가 없었기에 선택한 선물이었다.

로이는 굉장히 기뻐했다. 이렇게 기뻐할 줄은 몰랐던 시우는 괜히 기분이 좋아져서 로이에게 포스칸 기초 검술을 알려주었다.

한 번 검술을 배우자 로이는 꾸준하게 훈련을 시작했다. 항상 집에서 지켜보는 것이 훈련에 매진하는 시우의 모습이다 보니 그것이 당연하다 여기는 모양이었다.

로이는 목검을 휘두르기 시작하면 진력이 나 지쳐 쓰러질 때까지 검을 휘두르곤 했다. 걱정이 된 시우는 서점에 가서 근육을 풀어주는 안마 서적을 사다가 루리에게 주며 로이에게 마사지를 해주라고 지시했다.

시우의 육신은 게임 캐릭터였기 때문에 아무리 험하게 다뤄도 괜찮았지만 로이의 육신은 그렇지 않을지도 모른다는 걱정에서 한 선택이었다.

시우는 로이의 수준을 고려해 기초체력 트레이닝법을 작성해 로이에게 주었다. 로이의 몸은 이제부터 성장할 것이다. 무리는 좋지 않았다.

시우가 일단 단련법을 규정해주자 로이는 거기에 철저히 따랐다. 더 이상 무리하는 법 없이 페이스 조절을 하기 시작한 것이었다.

괜찮다면 트레이닝 목록에 조깅도 추가하고 싶은 마음이었지만 그것은 포기할 수밖에 없었다. 외성은 아홉 살의 로이가 혼자서 조깅을 하기에는 너무나 위험한 곳이었다.

그러던 어느 날, 늦은 밤까지 책을 읽던 시우의 방으로 루리가 찾아왔다.

잠옷 차림에 등불을 들고 문에서 몸을 반쯤 가린 채 서서 주춤거리는 모습이 무언가 갈등하는 듯했다.

시우는 가까이 오라고 손짓했다.

"무슨 일이야?"

루리는 시우의 침대 곁에 다가와 섰지만 시우의 질문에 대답하지 못했다.

시우는 루리가 말을 꺼낼 수 있을 때까지 여유롭게 기다려 주었다.

"저기……."

루리는 말문을 열고도 한참을 고민한 뒤에야 말을 꺼낼 수 있었다.

"저도 강해지고 싶어요."

시우는 고개를 갸웃거렸다.

"그건 로이를 보고 하는 소리야? 너도 검술을 훈련하고 싶다고?"

루리고 고개를 저었다. 그리고 두 눈을 꼭 감으며 떨리는 목소리로 떠듬거렸다.

"마법을, 배우고 싶어요."

무엇이 그렇게 말하기 어려웠을까.

"그래. 알았어."

"예?"

"고려해볼 테니 돌아가서 자. 밤이 늦었다."

시우가 너무 쉽게 대답하니 루리는 영문을 모르겠다는 표정이었다. 그러나 시우의 지시를 거부할 수는 없었다. 등불을 들고 방으로 돌아갔다.

그것을 지켜보던 시우도 마력으로 비추던 빛을 끄고 자리에 누워 잠이 들었다.

아침 일찍 일어난 시우는 마법사 길드를 찾아갔다.

시우는 그곳에서 몇 종류의 마광구를 구입해 돌아왔다.

아침도 먹지 않고 외출했던 시우가 돌아오자 루리와 로이는 의아한 모양이었다.

일단 식사부터 마치고 시우는 루리를 마당으로 불렀다.

아이템창에서 마광구를 꺼냈다.

하지만 그것은 평범한 마광구가 아니었다.

점멸식 마광구

내구력 (3/3)

설명- 제페스 지부 마법사 길드에서 만든 점멸하는 마광구. 야간에 먼 거리에 있는 동료와 커뮤니케이션을 취하기 위해 만들어졌다. 명령어를 입력 후 스위치를 넣으면 마력이 전부 고갈할 때까지 규칙적으로 점멸을 반복한다.

"이게 뭐……."

루리는 시우가 꺼내든 유리구슬을 보면서 뭐가 뭔지 모르겠다는 표정을 지었다.

"마법을 배우고 싶다면서? 그럼 일단 마력부터 느껴야지."

시우는 아이템창에서 이번엔 안대를 꺼내 들었다. 천 쪼가리에 솜을 덧대 끈으로 연결된 이곳의 안대는 구조가 조잡했지만 일단 착용하면 빛이 잘 스며들지 않도록 되어있었다.

시우는 친히 그것을 루리의 얼굴에 씌어주고 그녀의 손에 점멸식 마광구를 넘겨주었다.

'명령어는 3번, 2번, 5번으로.'

그리고 마력을 주입하자 번쩍번쩍 제법 강하게 3번, 2번, 5번씩 반복적으로 빛을 내기 시작했다. 그러나 안대를 쓴 루리의 눈에는 그 빛이 느껴지지 않을 것이다.

"지금 네 손에 들린 것은 마광구야. 반복적으로 점멸하며 빛을 내도록 명령어를 입력했으니 거기서 발산되는 마력을 느끼고 몇 번씩 발광하는지 맞추면 마법을 알려줄게."

시우는 리젠 스킬이 있었던 덕분에 순서가 반대가 되었지만 마법을 배우기 위해선 마력을 느끼는 것이 선행조건이기에 생각해낸 방법이었다.

시우에게 손에 들린 물건이 마광구라고 들은 루리가 깜짝 놀라 그것을 떨어트릴 뻔했다. 마광구는 사치품이었다. 잘못해서 떨어트렸다간 망가져 못쓰게 되는 소모품이기도 했다.

루리에겐 제법 부담스러운 물건이었다.

그러나 잠시 후 안대 아래로 보이는 루리의 표정이 다부져졌다.

꾹 다문 입은 여린 마음을 다잡는 듯 보였다.

시우는 조금 놀랐다.

"꼭, 꼭 해낼 테니까요."

"그래. 기대할게."

루리는 그 자리에 앉아 마광구를 느끼기 위해 정신을 집중했다. 그리고 그 옆으로 로이가 목검을 들고 나와 검술을 연마했다.

그것을 지켜보던 시우도 기분이 좋아졌다.

점심 무렵 시우의 집을 방문한 세리카는 이 기묘한 광경에 저도 모르게 고개를 저었다. 그 입에 떠오른 미소는 어이가 없었기 때문일까, 아니면 다른 이유에서였을까.

세리카는 알 수 없었다. 그저 자연스럽게 그들에게 섞여 정령술을 연습하기 시작했을 뿐이었다.

"체슈. 그러고 보니 너 아직 카스탄의 피가 3배럴 정도 남아있지 않아?"

"알고 있었어?"

"당연히 알고는 있었지. 언젠가는 팔 거라 생각했는데 팔 생각이 없는 거 같아서 걱정이 됐을 뿐이야."

"걱정?"

"물론 혈액 응고 방지제도 뿌려줬다지만 너무 오래 묵혀뒀다가는 피가 상할 테니까."

세리카의 말에 시우는 갑자기 불안한 마음이 들었다.

카스탄의 피가 3배럴이면 금화가 무려 삼천 닢이었다. 그런데 그것이 상할 수도 있다고?

시우는 아이템창에서 카스탄의 피를 꺼내 내용물을 확인해 보았다.

데브가 준비한 혈액 응고 방지제는 제법 상등품이어서 카스탄의 피는 배럴통 안에서 찰랑찰랑 물결치고 있었다. 게다가 아직 상하지도 않았다. 그러나 그것이 아직 날짜가 얼마 지나지 않았기 때문인지 아니면 아이템창에 들어간 물건이 원래 상하지 않는 것인지는 알 수 없었다.

이것은 앞으로도 계속 대두될 수 있는 문제였다.

과연 아이템창 속에서 아이템이 훼손 또는 변질될 수 있는가?

그 답을 지금의 시우는 알 수 없었다.

시우는 일단 훈련을 멈추고 푸줏간으로 향해 날고기를 구입했다. 그리고 그 외에도 물을 담은 와인잔, 얼음, 불을 붙인 나뭇가지까지 4개의 아이템을 아이템창에 집어넣었다.

날고기는 아이템창 속에서 세균이 활동할 수 있는가에 대해서. 투명한 와인잔은 물높이를 표시해 증발이나 다른 원인으로 인해 아이템의 양이 줄어들 수 있는가. 얼음은 아이템의 양은 줄지 않아도 녹거나 다른 원인으로 변질될 수는 있는가, 그리고 불을 붙인 나뭇가지는 아이템창 속에서 불에 타 훼손될 수 있는가에 대해서 알아보기 위한 아이템이었다.

특히 불을 붙인 나뭇가지와 같은 경우는 아이템이 훼손되지 않는다면 불은 꺼질지 꺼지지 않을지도 결과가 궁금해지는 문제였다.

이 실험을 통해 아이템창의 기능은 대략 확인이 가능할 것이다. 그러나 이 실험의 결과와는 상관없이 시우는 카스탄의 피를 팔아버리기로 마음먹었다.

날고기의 경우 아이템창 속에서의 세균 활동 여부를 확

인하기 위해선 최소 하루에서 며칠까지의 시간이 소요될 것으로 예상이 되기 때문에 결과를 기다릴 수만은 없다고 판단한 것이었다.

어차피 팔 물건이라면 빠르게 행동한다고 문제가 생기지는 않겠지.

시우는 생각을 정리하며 용병길드로 향했다.

용병길드의 활짝 열린 대문을 지나 짧은 길을 건너 건물로 들어가니 용병들의 시선이 쏟아졌다. 그것은 처음 용병길드를 찾았을 때와 크게 다르지 않았다. 그러나 중요한 것은 용병들의 시선에 담긴 감정이었다.

지금 시우의 모습은 길게 자란 흑발을 뒤로 묶어 정리하고 로브 위로 모험자용 다용도 혁대와 무난한 칼집에 꽂힌 세실강 한손검인 리네를 차고 있었다.

키는 168센티미터로 이곳의 길이 단위인 뼘으로 계산하자면 한 뼘이 19.5센티미터 정도이니 8.6뼘 정도 되었다. 안 그래도 헤카테리아의 성인남성 평균 키가 180센티미터 인데다가 평균 키와 비교해도 더욱 큰 키를 자랑하는 용병들에 비하면 시우는 아직 어린 아이와 같은 모습이라 할 수 있었다.

용병들의 속된 말로 '뭐달고 태어났으면 9뼘은 되어야 남자' 라는 말도 있으니 그들의 기준으로 따지자면 시우는 남자조차 아닌 것이다.

그러나 용병들의 눈에 깃든 것은 깔보거나 조롱하는 종류의 감정이 아니었다.

경계, 의심, 충격.

시우로서는 제법 참신한 반응이어서 눈을 동그랗게 뜨며 용병들을 둘러보았다.

동양인 특유의 이색적인 외모, 검은 머리와 검은 눈이 시선을 끄는 경우는 많았지만 이러한 경외의 눈빛을 받은 적은 처음인 것 같았다.

용병길드의 복도를 가득 메운 인산인해가 시우가 걸음을 옮길 때마다 갈라지며 길을 터주었다.

용병들의 속닥거리는 소리가 들려왔다.

'저게 베헬라의 마법사라고?'

'저런 꼬맹이가? 어리다고는 들었지만 저건……'

이미 용병들 사이에서 시우의 명성은 평판이 자자한 모양이었다.

시우는 내색하지 않으려 애를 쓰며 접수처로 향했다.

사무직원이 시우를 알아보았다.

"이게 누구유? 체슈 아니유?"

당연히 시우에 대한 소문은 사무직원도 들었다.

사무직원 제프는 한동안 시우에 대해서 잊고 있다가 그의 소식을 듣고 얼마나 놀랐는지 몰랐다.

시우는 이 아저씨가 왜 친한 척을 하나 눈살을 찌푸렸지만 불만을 토로하진 않았다.

"일을 찾고 있어요."

"어떤?"

시우는 잠시 생각을 정리했다.

작은 마을에는 마법사 길드가 없을 것이다. 카스탄의 피를 팔려면 어느 정도 규모가 되는 도시로 향해야 했다.

"모우로로 향하는 의뢰."

시우의 말에 제프가 수첩을 팔락팔락 넘겼다.

"음, 내일 아침에 출발하는 호위 임무가 하나 있는데 수당이 기본요금밖에……."

즉 하루에 20페니밖에 못 받는데 괜찮냐는 뜻이었다.

시우는 자신의 눈치를 살피는 제프의 모습에 한숨을 푹 내쉬었다.

"상관없어요."

애초에 의뢰금은 안중에도 없었다.

중요한 것은 길을 찾는 것이니까.

시우는 아직 지도를 보는 것이 낯설었다.

테트라에서 제페스까지는 무조건 북쪽으로 향하면 된다는 생각으로 찾아왔으니 길을 헤매지 않았지만 모우로를 찾아가는 길이 그렇게 쉬울 거라는 생각은 하지 않았다.

어찌됐거나 시우와 같이 명성 높은 용병을 싼 값에 고용할 수 있다는 사실은 좋은 소식이었다.

제프는 빠르게 임무증을 작성해 시우에게 주었다.

"회합 장소는 제페스 북문. 시간은 내일 아침. 의뢰주는 상인 길드로 크라우라는 상인을 찾아가면 돼유."

시우는 말없이 고개만 주억거리고 등을 돌렸다.

시우를 지켜보던 용병들이 서둘러 길을 터주었다. 느리지도 빠르지도 않은 걸음으로 용병 길드 건물을 빠져나와 긴긴 한숨을 내쉬었다.

용병들의 시선이 부담되었다.

집으로 돌아간 시우는 세리카에게 당분간 집을 비울 거라고 통보했다. 세리카는 그 사실을 좋지 않게 생각하는 모양이었지만 시우가 자리를 비운 사이 아이들을 부탁한다는 시우의 말에 고개를 끄덕이고 말았다.

시우는 루리와 로이에게 과제를 주었다.

"아마 모우로까지는 왕복으로 보름은 걸릴 거야. 그러니 루리는 그 사이 마력을 감지할 수 있도록 하고 로이는 포스칸 기초 검술을 처음부터 끝까지 펼칠 수 있도록 해."

루리는 불안한 표정이었지만 로이는 가슴을 두드리며 대답했다.

"형아가 없는 사이 누나는 내가 지킬 거야!"

그 남자다운 모습에 시우는 피식 웃음을 터트리며 머리를 쓰다듬어 주었다.

다음날 아침, 식사는 진수성찬이었다.

루리가 새벽 일찍부터 일어나 식사를 준비한 덕분에 시우는 아침을 먹고 집을 나설 수 있었다.

"돌아오실 때까지 꼭 마력을 느낄 수 있게 될 테니까요. 반드시 돌아오셔야 해요."

시우는 걱정 말라고 루리의 머리를 쓰다듬어주었다.

이내 향한 제페스 북문에는 상인들과 용병들이 모여 있었다.

"당신이 크라우?"

크라우의 눈이 약간 커지더니 이내 정상으로 돌아왔다.

"예. 당신이 체슈 씨입니까?"

시우는 고개를 끄덕이며 임무증과 용병증을 꺼내 보여주었다.

크라우는 임무증을 받아 챙기며 말했다.

"아직 용병이 모두 모이지 않았으니 조금만 더 기다려 주십시오."

시우는 고개를 끄덕이고 용병들이 모여 있는 곳으로 향했다. 용병들은 임무에 앞서 통성명을 거치며 서로의 역할을 파악하는 수순을 거치고 있었다.

"검은 머리?"

용병 하나가 시우를 보고 하는 말에 시우의 눈빛이 날카로워졌다.

시우는 검은 머리라는 호칭이 싫었다.

"제 이름은 체슈입니다. 다시는 그렇게 부르지 말아주십시오."

기분이 좋지 않았던 탓에 조금은 적대적인 목소리였다. 그러나 시우의 냉대를 받은 용병은 시우의 말에 대꾸도 할 수 없었다. 그도 제페스의 용병으로서 체슈라는 이름은 익히 알고 있었기 때문이었다.

"너, 아, 아니 당신이 그 체슈?"

시우의 시선이 다른 용병에게로 옮겨갔다.

기분이 조금은 누그러졌다.

"그 체슈가 누군지는 모르겠지만 제 이름이 체슈인 것은 맞습니다."

"제가 들은 소문과는 조금, 다르시군요."

시우는 고개를 갸웃거렸다.

"당신은?"

시우가 이름을 묻자 뒤이어 말을 걸었던 용병이 퍼뜩 정신을 차렸다.

"아, 제 이름은 케빈입니다. 원래 모우로에서 활동하는 용병입니다만 전번 의뢰로 제페스에 들렀죠. 최근 원력을 각성한 익시더입니다."

"저는……."

시우는 자기소개를 하려했지만 케빈이 쓰게 웃으며 손

을 들어 제지했다.

"아마 이 자리에 있는 용병들 중 체슈 씨를 모르는 사람은 없을 것 같습니다만, 계십니까?"

용병들이 일제히 입을 다물었다.

무언의 긍정. 이 중에 시우의 소문을 듣지 못한 자는 아무도 없었다.

시우는 자신을 소개할 수고를 덜었지만 영 기분이 좋지 못했다.

특히 소문과는 다르다는 말이 신경에 거슬렸다. 그러나 뭐라고 말은 못하고 시우는 이름을 밝히는 용병들을 머리에 담는데 집중했다.

잠시 후 두 명의 용병이 추가로 합류했다.

"베로카? 테스!"

"체슈?"

"체슈 씨!"

시우를 함께 부른 베로카와 테스가 서로를 바라보았다.

네가 어떻게 체슈를 아느냐는 표정이었다.

시우도 그들을 바라보며 묘한 표정을 지으며 물었다.

"뭡니까? 서로 아는 사이?"

"그야 이런 말을 하긴 부끄럽지만 베로카와 저는 제페스에선 제법 유명한 용병이니까요. 굉음 마법사와 뇌검, 같은 지역에서 활동하다 보면 자연스럽게 안면을 트게 됩니다. 그것보다 베로카가 체슈 씨를 알고 있을 줄은?"

테스의 설명을 요구하는 눈빛에 시우가 대답했다.

"용병이 되기 전에 잠깐 만났습니다."

베로카가 기묘한 표정으로 시우를 바라보았다.

"소문을 듣고 혹시나 싶었지만, 그 체슈가 너였어?"

시우는 베로카의 경악어린 표정에 괜히 겸연쩍었다.

자꾸 주변에서 추켜세우니 맞는 걸 맞다고 수긍하는 것 조차 쑥스러웠다.

뒤통수를 긁적이자 베로카가 다가와 시우에게 어깨동무를 해왔다.

"헤어지면서 했던 이야기, 벌써 잊은 것은 아니겠지? 서로 나중에 성공하면 모른 체 하기 없기라고!"

베로카의 능청스러운 태도에 시우는 그제야 멋쩍은 감정을 털어낼 수 있었다.

주먹으로 베로카의 옆구리를 가볍게 툭 쳤다.

"그렇다고 거저먹을 생각은 하지도 마. 너한테 준 포션 나중에 알고 보니 50파운드도 넘어가는 가격이었다고?"

베로카가 두 눈을 크게 떴다.

"그게 정말이야?"

그리고 장난스러운 표정으로 시우에게서 떨어져 나왔다.

"하지만 이제 와서 40파운드 값어치를 마저 지불하라고 는 하지도 말라고! 그런 거액은 갖고 있지도 않으니까."

시우도 장난스러운 표정을 지었다.

"걱정 마. 그런 푼돈 빼앗을 생각 없으니까."

40파운드를 푼돈 취급하는 시우의 장난에 베로카가 웃으며 '뭐라고!' 하며 소리쳤다.

그런 시우와 베로카의 모습을 용병들이 입을 헤 벌리고 쳐다보았다.

그들이 들은 시우의 소문과 실제 시우의 갭에 정신을 차리지 못한 탓이었다.

하지만 그것은 테스도 마찬가지였다.

"무언가, 여유가 생기셨군요?"

"…그때는 첫 임무이기도 했고, 워낙 많은 일이 있었으니까요."

시우의 대답에 테스도 고개를 끄덕이며 동조했다.

잠시 잡담을 나누고 있으니 마지막 용병이 일행에 합류하며 적당히 통성명을 나눈 후 마차가 성문을 빠져나갔다.

마차가 출발하자 몇 용병들이 시우의 곁으로 다가왔다.

베로카와 시우의 기탄없는 모습에 용기를 얻어 궁금증을 풀려는 생각이었다.

"그런데 그 소문은 사실입니까? 카스탄을 맨손으로 때려잡았다는……."

시우가 뒷머리를 긁으며 대답을 하지 못하자 테스가 나섰다.

"아아. 그건 정말 대단했다. 당시엔 카스탄 두령을 포함해 9마리의 카스탄이 나타나서 모두 죽을 지도 모른다고 절망에 빠져 있었다. 거기서 나선 것이 체슈 씨였지. 포효를 내지르는 카스탄 두령에 맞서 내지르는 포효에 카스탄들이 공포를 느끼고 뒷걸음질을 칠 정도였다. 그 뒤로 펼쳐진 무위는 지금도 잊히지 않아. 불과 수 초 만에 카스탄 두 마리를 권각으로 박살내 버리는 모습이란."

테스의 웅변과 손짓발짓에 용병들이 마른 침을 꼴깍 집어삼켰다. 어떻게 보아도 아직 어린 소년이었는데 그가 그렇게 대단하단 말인가?

"하지만 어째서 베헬라의 마법사라고 불리는 거죠? 물론 적에게 죽음을 선사한다는 의미로 쓰였다면 납득도 가지만, 소문으로는 체슈 씨는 카스탄 못지않은 거구에 붉은 머리카락이라고 소문이 난 지라……."

용병의 말에 테스가 눈살을 찌푸렸다.

"벌써 소문이 와전되었군. 뭐, 이유는 그거다. 카스탄을 박살내고 그 피를 뒤집어쓴 체슈 씨의 모습을 보고 다들 베헬라를 연상하고 만 것이다."

시우는 용병들과 테스의 질의응답을 지켜보며 가시방석에라도 앉은 기분이 들었다.

어찌 본인을 눈앞에 두고 이런 이야기를 나눌 수 있는지, 시우는 몸 둘 바를 몰랐다.

그때 멀리서 시우에 대한 이야기를 엿듣던 한 용병이 입을 열었다.

"그렇다면 그것도 와전인가."

쇠를 긁는 듯한 불쾌한 음성에 다들 눈살을 찌푸렸다.

"카노스."

검귀 카노스.

검을 악독하게 부리는 실전검술 탓에 검귀라는 이름이 붙은 카노스는 익시더 사이의 결투에 능한 용병이었다.

용병들 사이에선 악명으로 이름이 드높은 자였다. 명성이 높은 이에게 고의로 시비를 걸고 참지 못해 상대가 결투를 요구하면 쓰러트리는 방법으로 스스로의 명성을 쌓아온 자였다.

그 사실을 잘 아는 테스로서는 그가 입을 열었다는 사실만으로 기분이 불쾌해졌다.

"듣자하니 이전 임무에서 마음에 들지 않는다는 이유로 동료를 셋이나 베었다던데. 그것도 거짓인가?"

"그것은!"

테스가 시우를 대신해 변명하려 했지만 시우는 테스를 제지하며 왼쪽 눈을 가렸다.

카노스 Lv.61
검귀의 별호를 가진 익시더. 원력을 각성한 경력이 길지

만 천성 게으른 성격 탓에 경력에 비해 실력이 숙달되지
않았다. 그러나 그가 익힌 케벤드라 암살 검술은 대인전에
효과적인 실전검술이므로 그와 싸우게 된다면 조심하는
것이 좋다. 그의 검술은 몬스터를 상대로는 큰 효과를 보
지 못하기 때문에 과대평가된 용병에게 시비를 걸어 싸우
는 것으로 명성을 쌓아왔다.

　상세정보…….

　시우는 그것을 읽고 그의 속내를 충분히 감안할 수 있었
다.

　시우의 명성은 테스와 카스탄 사냥 임무에 참가했던 익
시더들이 퍼트린 입소문 덕분에 필요 이상으로 드높아져
있었다. 그에 카노스는 시우를 가까이서 접하고 그 명성이
과대평가된 것이라고 판단한 모양이었다.

　그도 그럴 수밖에, 시우의 겉모습으론 결코 그 실력을
가늠할 수 없으니까.

　시우는 그를 이해했지만 이해하는 것과 용서하는 것은
다른 문제였다.

　시우의 뇌리로 케넨, 데브, 레쉬가 스쳐지나갔다.

　눈앞의 익시더 검귀 카노스는 시우가 지금까지 죽인 세
명의 용병과 다를 것이 없었다.

　살심이 들끓었다.

시우의 차갑게 가라앉은 눈빛에 모여 있던 용병들이 식은땀을 흘렸다.

그들도 시우의 실력에 대해선 의심을 하고 있었다.

테스는 눈에 콩깍지가 쓰인 듯 너무 칭찬 일색으로 시우를 평가하고 있었다. 겉모습이나 시우의 성격과 너무 갭이 큰 이야기들에 의심이 생길 수밖에 없던 것이다.

그러나 지금의 시우는 달랐다.

순박한 미소를 지으며 안절부절 못하던 어린 소년은 거기에 없었다.

"사실이라면?"

시우가 묻자 카노스는 웃었다. 아무리 어려 보여도 어느 정도 실력이 있으리란 사실은 이미 추측한 바였다. 시우의 변화에 당황하는 어리숙한 반응은 보이지 않았다.

"당신에게 그만한 실력이 있어보이지는 않는 걸. 사실 말이야. 당신이 뇌검 테스에게 뇌물을 먹이고 이런저런 소문 좀 퍼트려 달라고 부탁했을 지 누가 알아?"

"뭣! 카노스 네 놈!"

테스가 참지 못하고 나서려 하자 시우는 다시 제지했다.

어째 침착한 시우에 반해 테스가 더 흥분하고 있었다.

"체슈 씨. 더 이상 말리지 마십시오. 카노스 저 놈은 뇌검의 이름을 걸고서라도 제가 반드시 쓰러트리겠습니다."

그러나 시우는 고개를 저었다.

이 상황을 남에게 맡기면 좋지 않았다.

시우의 시선이 이 상황을 냉정하게 바라보는 제삼자들을 향했다.

시우의 실력은 의심하고 있지만 본인에게 물어도 별반 의미가 없음을 깨달은 자들. 그러나 소문이 사실일 경우에 대비해 카노스처럼 덤벼들 자신도 없는 자들.

아마 여기서 테스가 카노스를 쓰러트리면 저들의 저울은 시우의 명성이 거짓이라는 쪽으로 기울고 말 것이다.

시우는 피식 웃었다.

'입소문, 명성이라.'

이 상황을 어떻게 타파하면 그 입소문을 더 퍼트릴 수 있을까.

마침 실험해보고 싶은 스킬이 있었던 시우는 내심 카노스를 반겼다.

"그 말은 당신이 내 실력을 가늠해보겠다는 뜻인가?"

"그럴 자신이 있다면야."

스르릉.

카노스가 검을 뽑아들었다.

도발이었다. 그러나 시우는 이미 그 도발에 의도적으로 넘어가줄 생각이었다.

시우의 손이 칼 손잡이에 닿았다.

그러나 뽑지는 않았다. 뽑을 생각도 없었다.

시우는 검을 뽑지 않고 카노스에게 패배를 인정하게 만들 생각이었다.

검에 손을 얹은 이유는 혹시라도 갑자기 덤벼들 경우를 대비한 것이었다.

[살기] 스킬을 사용했다.

살기는 눈에 보이지 않는 형태로 시우를 중심으로 뭉게뭉게 일어났다.

표현하자면 진득한 보랏빛 안개라는 말이 어울릴 '죽이겠다'는 의지가 마력을 담고 퍼졌다.

카노스는 갑자기 변한 시우의 분위기에 움찔하지 않을 수 없었다.

단순히 표정이 바뀌는 것과는 다른 꺼림칙한 느낌이었다.

아직 살기가 약했다.

시우는 케넨을 떠올렸다. 뒤이어 데브와 레쉬도 떠올렸다. 그와 함께 그들이 독살했던 용병들을 떠올렸다.

"한 발짝이라도 더 다가오면."

시우의 속삭임을 제외한 모든 소리가 사라진 듯 크게 울렸다.

"…너를 죽이겠다."

살심이 솟구쳤다. 시우의 정신력이 그것을 뒷받침하며 막대한 양의 마력이 솟구쳤다.

그것은 살기로 변해 카노스를 향했다.

카노스는 다리를 타고 스멀스멀 올라오는 불길한 예감에 꼼짝도 할 수가 없었다.

'움직이면 죽는다!'

그러나 말 한 마디에 물러날 수는 없었다.

카노스도 버티고 버텼지만 몸이 본능적으로 뒷걸음질을 치고 있었다.

"크윽!"

의지가 꺾였다.

더 이상 그의 머릿속에는 시우에게 대항할 의지가 남아있지 않았다.

카노스는 검을 칼집에 꽂아 넣었다.

"노, 농담이었소. 거 사람이 너무 고지식하구려."

카노스가 자연스럽게 등을 돌려 떠나가려하자 시우는 더욱더 강하게 살심을 피웠다.

카노스가 화들짝 놀라 걸음을 멈추고 돌아섰다. 마치 칼끝이 등골에 닿아 훑는 듯한 감각이었다. 스스로 의식할 사이도 없이 카노스의 손은 칼 손잡이에 닿아있었다.

"농담이라고? 지금 칼을 뽑아놓고 농담이라 했나?"

시우는 놈이 자신을 얕보고 시비를 건 이상 그냥 놓아줄 생각이 없었다.

"칼을 뽑아라. 덤비지 않으면 죽이겠다."

카노스는 아연실색했다.

그 순간 머리를 스치는 생각은 베헬라의 마법사에 대해 들었던 소문이었다.

임무 중에 마음에 들지 않는다는 이유로 동료를 셋이나 베었다는 소문.

사실 그것이 말이나 된단 말인가?

동료를 죽였다면 어찌 다른 용병들이 그것을 보고 그냥 내버려둔단 말인가?

그러나 이 순간 카노스는 어쩌면 그 소문이 사실일지도 모른다는 생각이 들었다.

"…다가오면 죽인다 하지 않았소. 그러더니 이번엔 덤비지 않으면 죽이겠다고? 나보고 어쩌란 소리요."

목소리가 자꾸 떨려 일부러 반항적으로 말을 했다.

시우의 입가가 말려 올라갔다.

살심과 함께 보인 미소가 카노스에겐 무엇보다 끔찍했다.

마치 이 순간이 즐거워 어쩔 수 없다는 표정.

"그럼 죽을 수밖에 없겠군."

부조리했다. 그러나 세상은 본디 부조리했다. 카노스는 그 사실을 잘 알고 있었다.

카노스의 다리가 달달 떨렸다.

카노스는 여러 익시더들을 상대해왔지만 단연코 이런 기분은 처음이었다.

칼을 뽑았다. 그러나 그것을 휘두를 생각은 없었다.

공격할 의지가 없다는 것을 보이기 위해 조금 떨어진 수풀로 검을 던졌다.

그리고 무릎을 꿇었다. 상대는 이 정도는 하지 않으면 용서할 생각이 없었다.

아니, 애초에 무슨 짓을 하더라도 용서할 생각이 없는지도 몰랐다. 그러나 지금 카노스가 할 수 있는 것은 이것이 최선이었다.

고개를 숙이며 말했다.

"내가 잘못했소. 용서해 주시오."

그 순간 거짓말처럼 이 공간을 지배하던 기운이 사라졌다.

"용서하지."

시우의 허탈할 정도의 가벼운 한 마디에 카노스는 꼼짝도 할 수 없었다.

시우의 살기에 말들이 경기를 일으켜 잠시 멈췄던 마차가 다시 움직이기 시작했다.

그러나 카노스는 무릎을 꿇고 앉은 자리에서 움직이지 않았다.

마차가 멀어진 뒤에야 간신히 자리에서 일어난 카노스

는 덜덜 떨리는 손으로 수풀을 헤쳐 검을 찾은 뒤 제페스
로 걸어 돌아갔다.

어차피 이렇게 될 일이라면 제페스에서 멀어지기 전에
일을 벌인 것이 다행일지도 모른다고 스스로를 다독였다.

더 이상 시우와 한 자리에 있을 자신이 없었다.

시우는 마차가 다시 움직이기 시작하자 마차 위에 궁둥
이를 붙였다.

어느새 시우의 주변으로 모였던 용병들은 사라지고 베
로카와 테스밖에 남지 않았다.

시우는 되도록 살기를 카노스에게만 향하려 노력했지만
아직 살기 스킬의 숙련도가 낮았다. 시우의 주변에 있던
용병들은 전원 시우의 살기에 노출될 수밖에 없었다.

시우의 살기에 접하고도 시우의 인격을 의심하지 않을
사람은 그 둘밖에 없었다.

멀리서 시우를 바라보는 용병들에게 시선을 던지자 하
나같이 고개를 돌리며 시선을 피했다.

"괜찮겠습니까?"

테스가 걱정이 되어 물었다.

지금까지 시우의 소문을 퍼트리는 자들은 모두 시우에
게 호의적인 자들이었다. 덕분에 시우의 소문에는 와전이
적은 편이었는데 상황이 이렇게 되면 소문이 와전되는 것
을 막기는 어려울 것이다.

이를테면 베헬라의 마법사는 동료도 거리낌 없이 벤다든가 하는 종류의 소문 말이다.

그러나 시우는 상관없었다. 오히려 의도한 바가 적지 않았다.

적당히 소문이 퍼지면 좋고 아니면 말고 하는 방식으로는 카노스와 같이 명성을 높이기 위해 덤벼드는 도전자를 막을 수 없었다.

적극적으로 소문을 퍼트려 그럴 생각조차 끊어버려야 했다.

시우에게 명성은 그러라고 있는 것이었으니까.

소득은 그뿐이 아니었다.

시우는 살기 스킬의 효용에 크게 만족했다.

카스탄들이 겁을 먹고 뒷걸음질을 칠 때부터 알아보았지만 이 스킬은 잘만 쓰면 불필요한 싸움을 쉽게 회피할 수 있을 것 같았다.

시우는 리젠을 사용했다.

살기 스킬로 소모한 마력을 회복하고 내친김에 최대 마력량을 늘릴 생각이었다.

첫날은 몬스터의 습격이 없었다.

시우는 천막을 펴는 짐꾼들을 구경하며 육포를 씹었다. 보통 이러한 호위 임무에서의 식사는 의뢰주가 부담하지만 이런 식으로 배급되는 식사는 대부분 맛이 없었다.

시우는 아이템창을 열었다.

아이템창의 기능을 확인하기 위해 넣어뒀던 네 가지 아이템들을 확인해 보았다.

날고기, 물을 담은 와인잔, 얼음, 불을 붙인 나뭇가지.

결론부터 말하면 네 가지 아이템에는 변질도 훼손도 나타나지 않았다.

날고기는 넣은 시점 그대로의 상태였고 와인잔에 담은 물의 수위도 낮아지지 않았다. 얼음도 녹지 않았고, 불을 붙인 나뭇가지도 넣었을 때 그대로 불이 붙어 있었지만 나뭇가지는 타서 줄어들지 않았다.

아마 아이템창에 물건을 넣으면 그 상태 그대로 시간이 동결되는 모양이었다.

그럼 생물은 어떨까 싶었지만 곤충은 넣을 수 없었고 숲에서 찾은 약초는 넣을 수 있었다. 뒤이어 정령은 어떨까 궁금증이 생겼지만 지금은 실험할 수 없었다.

돌아가면 세리카에게 부탁해 보자고 생각을 정리했다.

7일은 빠르게 지나갔다.

도중에 코리 무리가 몇 번 습격을 해왔지만 시우가 끼어들 새도 없이 처리가 되었다. 큰발톱이라는 이름의 곰을 닮은 5미터 크기의 몬스터도 습격해 왔지만 시우의 활솜씨로 간단히 처리가 가능했다.

나름 몬스터를 사냥해 레벨업을 꿈꿨던 시우는 한숨이

나올 수밖에 없었다.

시우의 레벨은 50. 적어도 카스탄급의 레벨을 가진 몬스터가 우르르 몰려나오지 않는 이상 경험치를 쌓는 것은 어려운 일이었다.

모우로에 도착한 시우는 수당을 지급받고 바로 마법사 길드에 들러 카스탄의 피 3배럴을 3,000파운드에 팔아넘겼다.

빨리 집에 돌아가고 싶었다.

테스의 도움을 받아 모우로의 용병길드를 찾은 시우는 바로 제페스로 돌아가는 의뢰를 찾으려 했다.

그러나 용병 길드의 건물에 들어간 시우가 발견한 것은 게시판 앞에 모여든 용병들이 웅성거리는 모습이었다.

호기심이 생겨 접수처의 사무직원에게 물어보았다.

"좋은 의뢰라도 들어왔나 보죠?"

"하늘의 기둥이야."

사무직원의 시큰둥한 대답에 시우는 눈을 크게 떴다.

"용의 탑이요?"

"그래. 드래곤이 동면에 들어갈 주기가 다가온 탓이지. 영주님께서 직접 드래곤을 사냥할 용사들을 모집하고 있다네."

하늘의 기둥?

시우는 흥미가 동하지 않을 수 없었다.

무려 드래곤을 사냥하기 위한 의뢰라니.

그리고 잠시 생각을 정리하는 동안 시우는 이것이 기회라는 생각을 버릴 수가 없었다.

하늘의 기둥은 드래곤을 보호하기 위한 형태의 둥지였다.

드래곤은 최상층에 거주하며 그 밑에는 마법으로 수호자들을 만들어 채워 넣기 때문에 탑을 오를수록 강한 수호자가 등장한다. 게다가 마법으로 만들어진 수호자들은 파괴되어도 자동으로 수복이 되기 때문에 드래곤의 동면 기간인 10년이란 시간을 여유롭게 사용할 수도 없었다.

하늘의 기둥은 그 이름처럼 거대하지만 탑의 형태를 취한 이상 물량공세가 어려워 소수정예로 도전을 할 수밖에 없으니 그야말로 공략이 곤란한 요새라 할 수 있었다.

오를수록 강해지는 수호자들은 올라가고자 하는 의지를 꺾었고, 파괴되어도 수복되는 적들은 체력을 깎는다.

혹시 정상에 오른다 하더라도 동료들은 손에 꼽을 정도로 줄어버리고 드래곤과 싸우기 위한 의지와 체력은 남아나지 않게 되니 그야말로 요새.

그러나 그것은 평범한 사람들에게 해당하는 이야기였다.

자신의 수준에 따라 탑을 오르며 상대를 고를 수 있고, 몬스터가 계속해서 공급된다고?

'그건 최고의 사냥터가 아닐까?'

시우는 그렇게 생각하지 않을 수 없었다.

Respawn

NEO FUSION FANTASY STORY & ADVENTURE

15장.
하늘의 기둥

리스폰

　시우는 게시판으로 다가가 의뢰의 상세를 살펴보았다.

　드래곤을 사냥할 생각은 없었다. 그러나 드래곤이 동면에 들어 움직이지 못한다는 전제가 깔린다면 하늘의 기둥은 그야말로 최고의 사냥터였다.

　시우는 강해지기 위해 마력도 모으고 정신력도 올리고 검술과 마법도 수련하고 있었지만 역시 강해지기 위한 가장 쉬운 방법은 레벨을 올리는 것이었다.

　의뢰 내용.
　드래곤 수아제트를 사냥할 용사를 모집한다.

모집기간은 6월 1일을 기점으로 3개월 간, 즉 8월 말일까지로 한다.

임무는 소수정예로 이루어지며 모우로 기사단의 단장, 잔 데길이 주도한다. 또한, 잔 데길에 의해 자격이 없다고 판단된 자는 임무에서 제외될 수 있으니 스스로의 실력에 자신이 있는 자만이 신청할 것을 당부한다.

모집 인원은 총원 100명.

달성 목표는 하늘의 기둥을 올라 동면에 든 드래곤 수아제트의 숨통을 끊을 것.

의뢰비는 공적에 의해 차등 지급될 것이다. 드래곤 수아제트의 죽음에 직접적인 기여를 한 자는 모우로의 영주 테이크 그리드의 이름으로 드래곤 슬레이어의 명예를 획득할 것이며 또한 임펠스 왕국의 이름으로 그 공적을 치하하여 준귀족에 해당하는 권위를 부여할 것을 여기에 공언하는 바이다.

이것은 그야말로 등용문이었다.

시우는 말장난처럼 느껴지는 생각에 피식 웃음을 터트렸다.

본디 그런 뜻은 아니지만 탑을 올라 드래곤에 이른다는 말에 등용문이라는 표현이 정말 알맞았기 때문이었다.

어찌되었든 이것은 실력 있는 평민들에겐 스스로의 실력을 입증하고 돈, 명예, 권위를 모두 손에 넣을 기회임에 틀림없었다.

의뢰비가 공적에 의해 차등 지급된다는 이야기를 확인하고 드래곤을 죽여 나온 시체, 드래곤 하트, 드래곤 티어나 탑에서 나오는 모든 이익이 영주에게 돌아가리라는 추측은 가능했다. 그러나 시우는 신경 쓰지 않았다.

'오늘이 6월 22일이니 모집 마감까지 대충 2개월 정도 남은 건가.'

아직 시간적 여유는 있었다.

이 의뢰를 주도할 모우로 기사단의 단장 잔 데길이라는 자가 시우에게 자격이 있다고 판단할지는 알 수 없었지만 시우는 이미 이 의뢰에 참가할 생각으로 머리가 가득했다.

혹여 잔 데길이라는 자가 시우에게 자격이 없다하여 의뢰에 참가하지 못하게 돼도 시우는 혼자서라도 하늘의 기둥을 찾아갈 생각이었다.

하늘의 기둥은 주인인 드래곤의 취향에 따라 천차만별이었다. 때문에 어떤 위험이 도사리고 있을지 들어가 보기 전까지는 알 수 없다는 사실을 책으로 접한 시우는 혼자서 가는 것이 꺼려졌지만 그 정도는 감안해야할 문제였다.

정작 시우가 신경 쓰는 것은 탑의 위험에 대한 것이 아니었다.

'루리랑 로이는 어쩌지?'

세리카는 아마 따라올 것이다. 잘은 모르겠지만 그런 느낌이 들었다. 카스탄의 피를 팔기 위해 받은 의뢰만 해도 세리카를 떼어놓는데 고생을 했다. 하늘의 기둥에서 살다시피 하며 레벨을 올리려면 제법 시간을 필요로 했다. 이번에야 말로 세리카를 떼어 놓는 것은 어렵다는 생각이 들었다.

그렇다면 루리와 로이는?

처음 그들을 집에 들이고 그들만 남겨두고 떠날 때는 생각지도 않았던 문제였다.

시우와 세리카가 집을 떠나면 루리와 로이는 다시 그들만 남게 될 텐데 과연 괜찮을까 염려가 되었다.

시우는 그 방법에 대해선 나중에 생각하기로 하고 사무직원에게 제페스로 돌아가기 위한 의뢰를 물어보았다.

다행히 내일 아침 제페스로 돌아가는 호위 임무가 있다는 대답을 들을 수 있었다.

뒤이어 드래곤 사냥 의뢰에 참가신청을 넣었다. 그러자 사무직원이 '네가 뭔데?' 하는 표정으로 시우를 위아래로 훑어보았다.

시우는 잠시 머뭇거리다가 대답했다.

"아실지 모르겠지만 저는 베헬라의 마법사라는 별호를 가지고 있습니다. 혹 괜찮을지…….

자신의 별호를 언급하는 것은 굉장히 부끄러운 일이었다.

아마 세리카가 시우에게 스스로의 별호를 밝혔을 때도 이런 기분이었겠지.

시우가 얼굴을 붉히며 고개를 숙였지만 반면에 사무직원은 굉장히 놀란 눈치였다.

"그걸 먼저 말씀하시지. 하마터면 베헬라의 마법사도 알아보지 못하고 봉변을 당할 뻔했군. 어디, 스스로의 신분을 증명할 수 있습니까?"

사무직원의 말에 시우는 용병증을 내밀었다.

용병증의 뒷면에는 신분을 도용할 수 없도록 용병길드의 마크가 새겨져 있고, 등록 지부와 날짜가 새겨져 있으니 같은 이름으로 용병 등록을 하더라도 쉽게 거짓을 판별할 수 있었다.

사무직원은 시우의 용병증을 앞뒤로 뒤집으며 살피고 고개를 끄덕였다.

"확실하군요. 그럼 임무증을 발급하겠습니다."

시우는 사무직원이 발급하는 두 개의 임무증을 받아들었다.

임무증에는 각각의 회합 장소와 시간, 의뢰주의 이름이

적혀있었다. 시우는 그것을 머리에 담으며 아이템창에 챙겼다.

시우는 사무직원에게 인사하고 용병길드의 건물을 나왔다. 그곳에선 테스가 시우를 기다리고 있었다.

"모우로엔 처음이신가요? 그렇다면 제가 맛좋고 깔끔한 여관으로 안내하겠습니다."

시우는 테스의 안내에 따라 걸음을 옮겼다.

테스가 안내한 여관은 제법 값비싼 곳이었다.

내성도 아닌 외성에 이런 여관이 있다는 사실이 의아했지만 나름 수요가 있는지 1층의 술을 파는 바에는 손님이 많았다.

고된 일을 마친 뒤에 마시는 맛난 술. 이 시대의 남성들이 건전하게 즐길 수 있는 취미는 그 정도뿐이었으니 그런 모양이었다.

시우는 테스의 도움으로 체크인을 하고 바로 방으로 올라가려했지만 뜻을 이룰 수 없었다.

"체슈 씨. 괜찮다면 술 한 잔을 사드려도 될까요?"

테스의 진중한 태도도 태도였지만 시우도 이곳의 술에는 흥미가 있었다.

고개를 끄덕이니 테스가 환한 미소로 시우를 바로 안내했다.

테스는 이런 곳이 익숙한지 뭐라고 알아듣기 힘든 말로

능숙하게 술을 주문했다.

"체슈 씨도 원하는 술이 있나요?"

"아니, 저는 이런 곳이 처음이라. 주문은 테스 씨께 맡길게요."

그에 테스가 자신과 같은 술을 하나 더 주문했다.

맑은 술에 과즙을 첨가한 칵테일 형태의 술이었다. 부드럽게 달면서도 굉장히 도수가 높은 술이라 시우는 몇 잔 마시지도 못하고 리젠으로 취기를 날려야했다.

나중에 기회가 된다면 마음을 놓을 수 있는 환경에서 실컷 마시고 취하고픈 술이었다. 그러나 지금은 그럴 수도 없었다. 아무리 테스가 곁에 있다지만 여기는 원정이었으니까.

시우의 페이스에 맞춰 술잔을 기울이던 테스가 이내 취하고 말았다. 테스는 꼬부라진 혀로 횡설수설 시우에게 고마워하는 마음을 전하려했지만 시우는 신경 쓰지 않았다.

지금은 그저 새롭게 접한 술을 만끽하고 싶은 기분이었다.

✛

시우는 만취한 테스를 여관에 남겨두고 아침 해가 밝자

모우로 남문으로 향했다. 테스에게 작별 인사를 할 생각이 없는 것은 아니었는데 테스는 간밤에 마신 술로 일어나지 못했다.

시우는 어쩔 수 없이 테스를 남겨두고 모우로를 나섰다.

빨리 집으로 돌아가고 싶었다.

제페스로 돌아오는 길에는 몬스터의 습격이 없었다. 그 대신이라도 되듯 비가 심하게 내린 탓에 마차의 바퀴가 진흙에 빠졌다. 그러나 문제는 되지 않았다.

시우는 마법으로 마차를 들어내 일행은 무사통과할 수 있었다.

제페스에 도착한 뒤 상인이 시우에게 개인적으로 감사를 표하며 웃돈을 얹어주었다. 아마 베헬라의 마법사에게 눈도장을 찍어두려는 행위겠지. 시우는 굳이 거절하지 않았다.

집을 찾아 돌아오니 마침 루리와 로이 세리카가 모두 모여 훈련을 하고 있었다.

"체슈!"

"돌아왔어."

로이가 시우에게 뛰어들었다.

"왜 이렇게 늦었어!"

최대한 빨리 돌아온다고 서둘렀는데도 로이에겐 긴 시

간이었나 보다. 로이는 훌쩍이며 투정어린 목소리를 냈
다.

시우는 흐뭇한 표정으로 로이의 머리를 쓰다듬어 주었
다.

그 모습을 조금 떨어진 장소에서 루리가 바라보고 있었
다.

시우가 말없이 팔을 벌리자 루리가 머뭇거리며 다가와
시우의 품에 안겼다.

포근한 마음이 버거울 정도로 솟구쳤다.

"식사는 하셨어요?"

루리의 질문에 시우는 고개를 저었다.

제페스에 도착하기 직전에 육포를 한 조각 먹긴 했지만
루리의 따뜻한 식사가 그리웠다.

잠깐 기다려달라고 말하고 루리가 집 안으로 뛰어 들어
갔다. 잠시 퉁탕거리는 시끄러운 소리가 들린 후 따라 들
어가니 레드와인이 식탁 위에 놓여있었다.

시우는 와인잔에 레드와인을 따르고 홀짝이며 루리의
요리를 기다렸다.

잠시 후 루리가 내온 음식은 비프 스테이크였다.

시우는 그것을 맛보고 감탄사를 내뱉었다. 내성의 놀
란 레스토랑에서 먹었던 비프 스테이크 못지않은 맛이었
다.

"실력이 늘었구나?"

"에헤헤. 오빠가 없는 동안 열심히 연습했는걸요."

"요리 연습에 빠져서 마법 수업을 게을리 한 것은 아니겠지?"

시우가 장난스럽게 말하자 루리가 잠시 방으로 사라지더니 점멸식 마광구를 들고 나타났다.

"명령어를 입력해주세요."

그리고 상기된 얼굴로 안대를 쓰는 루리의 모습에 시우는 이미 결과를 알 수 있었지만 굳이 말리지 않았다. 시우가 식사 중임에도 불구하고 이러는 건 루리답지 않았지만 아마 그 정도로 스스로의 성과가 기뻤기 때문임을 충분히 짐작할 수 있었기 때문이다.

시우가 점멸식 마광구에 1번, 2번, 3번을 입력하자 차례로 빛이 번쩍이기 시작했다.

마광구에 손을 올린 루리가 말했다.

"1번, 2번, 3번이요."

시우는 루리의 안대를 벗겨주고 머리를 쓰다듬어주었다.

"이제 마력은 느낄 수 있으니 다음엔 마력을 쌓는 방법을 알려줄게. 지금은 일단 식사 중이니 나중에."

시우의 말에 루리의 얼굴이 빨갛게 달아올랐다.

"죄, 죄송해요. 식사 중에 버릇없이."

시우는 고개를 저었다.

"괜찮으니까. 너무 예의를 차려도 답답할 뿐이야."

시우는 좀 더 편하게 하라는 뜻으로 말했지만 루리는 알아들은 것인지 아닌지 그저 빨개진 얼굴을 더욱 깊게 숙일 뿐이었다.

스테이크는 양이 많았다. 놀란 레스토랑에 들렀을 때 가게에서 나오면서 스테이크의 양이 적다고 투덜거린 적이 있었는데 루리가 그것을 기억해둔 모양이었다.

시우는 간만에 만족스럽게 식사를 마치고 부른 배를 쓰다듬으며 침대에 몸을 누였다.

긴장이 풀린 탓인지 그대로 잠이 들었다.

시우가 잠에서 깬 것은 다음날 이른 새벽의 일이었다.

리젠으로 졸음을 쫓고 거실로 나오니 마침 루리가 잠옷 차림에 부스스한 머리로 걸어 나왔다. 멍한 표정을 보아하니 잠이 덜 깬 모양이었다.

"잘 잤어?"

시우가 묻자 루리의 눈이 갑자기 커졌다. 이제야 잠이 깬 듯 후다닥 머리를 정리하고 구겨진 잠옷의 옷매무새를 폈다.

"안녕히 주무셨어요?"

"그래. 기왕 일찍 일어났으니 마법 수업이라도 시작할까?"

시우의 말에 루리가 고개를 끄덕였다.

시우는 마법을 배우지 않았다.

배웠다고 말할 수 있는 것은 베로카로부터 마력의 네 가지 속성에 대한 시범을 보았을 뿐이었다. 그런 시우가 알고 있는 마력을 쌓는 방법이란 오로지 리젠을 통한 것뿐이었다.

만약 시우가 아직도 마력을 느끼지 못한 상태였다면 시우는 루리에게 마력을 쌓는 방법에 대해서 설명할 길이 없었겠지만 지금의 시우는 마력을 마치 자신의 손발과 같이 느끼고 다룰 수 있었다.

시우는 루리와 마주보고 앉아 루리에게 리젠에 대해 설명했다.

어려운 것은 없었다. 마력을 느낄 수 있다면 들숨을 통해 마력을 몸에 받아들이며 체내에서 빠르게 회전시키고 날숨을 통해 잔여물을 내뱉으면 될 일이었다.

그러나 루리는 좀처럼 시우의 설명대로 할 수가 없었다. 마력을 체내에 들이는 것은 어찌 가능했는데 회전이나 잔여물을 내뱉은 과정을 어려워했다.

시우가 느끼기로 이런 방식이라면 하루 종일 마력을 모아도 10포인트를 모을까 말까할 정도였다. 그러나 이것은 마력에 대한 재능이 크게 관여하는 일이므로 시우가 어떻게 도와줄 방법이 없었다. 그저 시간이 날 때마다 연습하면서 익숙해지라는 말밖에는 할 수가 없었다.

시우는 마력을 쌓기 시작하는 루리의 모습을 보면서 어떻게 이야기를 꺼내야할지 생각을 정리했다.

더 강해지기 위해서 잠시 집을 떠나있어야 한다고.

언젠가는 해야 할 말이다. 그리고 그 말은 일찍 해두는 것이 정작 시우가 이곳을 떠날 때 마음의 정리가 쉬울 것이다.

영영 떠나는 것도 아니고 레벨만 적당히 올리면 돌아올 것인데 뭐가 이렇게 말하기 어려운지 시우는 머리를 벅벅 긁으며 흐트러뜨렸다.

아마 그만큼 시우의 마음속에 그들이 차지한 지분이 커진 모양이었다.

아침 식사 직전에 찾아온 세리카를 보면서 시우는 마음을 정리했다.

모두가 모인 김에 이야기를 해야 했다.

식사시간이 숙연해졌다.

모두 시우의 출가 발언에 말을 잇지 못했다.

특히 로이와 같은 경우는 눈물을 글썽이며 울먹이고 있었다.

루리가 입을 열었다.

"이제 막 돌아오셨는데, 그럼 언제 다시 나가시려고요?"

"지금부터 2개월 뒤에 회합이 있어. 늦지 않으려면 적어도 그 열흘 전에는 출발해야겠지."

루리는 다시 입을 다물었다. 그녀가 다시 입을 연 것은 한참의 침묵이 흐른 뒤의 일이었다.

"그럼 언제쯤 돌아오시는데요?"

"그건."

시우도 알 수 없었다.

애초에 하늘의 기둥에 대한 정보가 너무 부족했다.

기껏해야 아는 것은 드래곤을 지키기 위한 수호자가 탑 안에 득시글거릴 것이라는 정도였다.

가레인. 시우가 아는 한도 내에서 이곳에서 가장 강한 NPC.

그보다 강해지려면 얼마나 걸릴까?

"1년쯤?"

시우는 서투른 추측으로 내뱉은 말을 즉시 후회하고 말았다. 그건 알 수 없는 일이었다. 그러나 내뱉은 말은 주워 담을 수 없었다.

"1년. 1년이에요. 꼭 1년 내에 돌아오셔야 해요."

루리의 눈빛에 독기가 흐르는 것은 왜일까.

시우는 저도 모르게 고개를 끄덕이고 말았다.

식사가 재개되었다. 다들 음식을 입에 넣고는 있었지만 각자의 생각에 잠겨 제대로 맛도 음미하지 못하는 표정들이었다.

'체할 것 같아.'

시우는 식사가 끝난 후 이야기할 걸 그랬다고 후회했다.

세리카는 식사 내내 하고 싶은 말이 있는지 입을 달싹거리고, 또 루리와 로이의 눈치를 보며 입을 다물기를 반복했다. 그런 그녀가 말문을 연 것은 식사가 끝나고 루리와 로이가 사라진 사이였다.

"설마 나도 두고 갈 생각은 아니겠지?"

"네가 따라오겠다면 내가 막을 수는 없겠지."

시우의 대답에 세리카는 머리가 복잡한 표정이었다.

"그럼 저 아이들은?"

처음엔 루리와 로이를 눈엣가시 취급하던 세리카도 정이 들었는지 진심 어린 걱정을 보였다.

"남은 50일을 제대로 활용해서 훈련시켜야지. 그래도 부족하다면 대책도 있고."

시우의 말에 세리카는 고개를 저었다.

저들은 고작 열다섯의 소녀와 아홉 살 사내아이다. 기껏 50일 동안 훈련을 시킨다고 무엇이 바뀐단 말인가?

그러나 세리카는 달리 할 수 있는 말이 없었다.

시우가 저들을 진심으로 염려하고 걱정한다는 사실은 익히 알고 있는 사실이었고, 저들을 걱정한다는 이유로 이곳에 남을 생각도 없었으니까.

그저 시우가 생각하는 대책이란 것이 충분한 수단이 되기를 바랄 뿐이었다.

그로부터 루리는 부쩍 말수가 줄어들었다.

그뿐 아니라 평소의 부끄러워하는 행동이 줄고 항상 독기를 줄줄 흘리고 다녔다.

그에 반해 로이는 어리광쟁이가 되었다.

남은 시간은 50일, 그 뒤로 1년은 못 볼지도 모른다는 생각에 남은 50일 동안 부릴 수 있는 어리광은 모두 부려둘 생각인 듯 로이는 시우의 곁을 떠나지 않았다.

시우도 하늘의 기둥에 도전할 것을 염두에 두고 더 필사적으로 훈련에 임했다. 그와 함께 이미 공략된 하늘의 기둥에 대한 정보 등을 찾아보며 조금이라도 하늘의 기둥에 대해 이해하려고 노력했다.

시우는 루리의 훈련을 봐주는 것도 빼먹지 않았다.

루리는 장을 봐오고 요리 청소 빨래, 집안일을 무엇 하나 빼먹지 않으면서 쉴 틈만 생기면 마력을 끌어 모았다. 원래 루리의 마력 재능은 좋지도 나쁘지도 않은 정도였는데 정신 상태가 영향을 준 탓인지 제법 빠른 속도로 마력을 모으기 시작했다.

하지만 시우는 어쩐지 그런 루리가 걱정이 될 수밖에 없었다. 마력이 빨리 모이는 건 반겨야할 상황이었지만 그 정도가 너무 심했다. 혹시 무언가 문제가 생기는 건 아닌가 걱정이 되는 것도 이상하진 않았다.

"너무 무리하는 거 아니야?"

시우는 물었지만 루리는 당연하단 듯이 대답했다.

"…무리하는 정도가 적당한 거예요."

루리의 말에 시우는 차마 무리하지 말라고는 말할 수가 없었다.

애초에 루리를 무리시킨 원인은 시우에게 있었으니까.

그리고 50일이 지났다.

이름-루리

레벨-7

종족-인간

칭호-?

생명력 (114/114)

마력 (509/509)

원력 (?/?)

근력 : 14

순발력 : 12

체력 : 19

정신력 : 12

루리는 마력을 무려 500포인트나 모을 수 있었다. 하루 평균 10포인트씩 꾸준히 모으는 정도야 시우에겐 어렵지도 않은 일이었지만 루리의 노력을 알고 있는 시우로서는 순수하게 감탄하지 않을 수 없었다.

시우는 고개를 끄덕였다. 이 정도라면 충분히 시우가 생각했던 대책도 기능을 할 수 있을 것 같았다.

시우는 반지와 목걸이를 각각 2개씩 꺼냈다.

기합의 목걸이(제한 Lv.100)

특수 효과– 오토매틱 실드. 공격 받을 시 500만큼 피해량을 무시하는 방어막을 자동으로 펼친다. 지속시간 10분. 쿨타임 1시간.

설명– 마법이 걸린 목걸이. 공격을 받으면 자동으로 사용되는 편리한 액세서리지만 제한에 비해 효능은 그다지 쓸모없어 보인다.

폭염 반지(제한 Lv.60)

특수 효과– 파이어볼. 시동어를 외치면 마력을 50 소모시켜 120만큼 마법피해를 입힌다. 10% 확률로 상태이상 화상을 입히며, 10초간 초당 6만큼의 추가 데미지.

설명– 마법이 걸린 반지. 시동어만으로 마법을 발동할
수 있지만 피해량이 크지 않아 그다지 쓸모는 없어 보인
다.

괴력 반지(제한 Lv.80)
특수 효과– 근력 +20.
설명– 마법이 걸린 반지. 착용하는 것만으로 근력이 늘
어난다.

하나같이 레벨 제한이 높고 시우의 기준에선 잡템이라
고 할 수 있는 효과를 가진 보조 아이템이었다. 그러나 시
우는 이미 NPC에게는 레벨 제한이 걸리지 않는다는 것을
확인했다. 게다가 게임과 이곳은 결정적인 차이점이 있었
다.

그것은 바로 생명력.

레벨이 50인 시우의 생명력도 겨우 155포인트밖에 되
지 않는다.

만약 기합의 목걸이가 게임 속에서 사용되었다면 피해
량을 500무시하는 정도는 별 쓸모도 없었을 것이다. 그러
나 생명력이 200을 유지하기도 힘든 이곳에서 피해량을
500이나 무시하는 아이템은 그 자체만으로도 목숨을 3개
4개씩 덤으로 가지고 다니는 것과 같았다.

거기에 더해 폭염 반지는 시동어만 외치면 주문 없이 발동하는 마법이었다. 드라고니스를 익힐 시간이 없었던 루리에게 이만큼 훌륭한 반지도 또 없을 것이다.

마력이 거의 없는 로이에게는 괴력 반지를 주었다.

5레벨인 로이의 근력은 15였는데 여기에 20을 더하면 무려 35로 웬만한 용병만한 근력이었다. 시우는 거기에 더해 로이에게 검을 하나 추가로 선물했다.

실전 한손검(제한 Lv.100)

공격력 320

설명- 실전에 사용하기에 용이한 검.

시우의 무기인 리네에 비하면 무척 낮은 공격력이라 할 수 있었지만 적어도 시우가 테트라에서 훈련할 때 사용했던 체실강 단검에 비하면 훨씬 높은 공격력을 갖고 있었다.

괴력 반지로 얻은 근력과 지금까지 꾸준히 연마해온 포스칸 기초 검술이 합해지면 적어도 용병 한 명쯤은 상대할 수 있는 수준이 된 것이다.

로이에게 검을 주는 반면 루리에게는 마법사길드에서 직접 구해온 '드라고니스에 대한 모든 것'이란 제목의 책을 선물했다.

시우는 아이템의 능력들을 구두로 설명하고 루리가 확실히 이해했음을 확인하고서도 종이에 따로 아이템의 능력을 적어 넘겨주었다.

특히 폭염 반지의 시동어인 [파이어볼]의 발음은 몇 번이나 반복해서 알려주었다.

시우가 한참이 지나도록 집을 떠나지 못하자 세리카가 시우의 목덜미를 잡아끌었다. 서두르지 않으면 모우로로 향하는 마차를 놓칠 수도 있었다.

"내가 돌아오기까지 1년! 로이는 포스칸 기초 검술을 마스터하고 루리는 마력을 최소한 지금의 6배, 아니 7배는 올려놓아야 한다!"

질질 끌려가면서도 루리와 로이를 걱정하는 시우의 외침에 아이들은 웃으면서 눈물을 흘렸다.

세리카의 괴력에 질질 끌려가 마차 출발에 늦지 않은 시우는 짐마차 위에 앉아 넋을 놓았다. 루리와 로이를 집에 남겨두고 1년이나 비울 생각을 하니 석연치가 않았다.

사실 시우의 아이템창에는 루리와 로이에게 준 아이템보다 더 효과 좋은 아이템이 많았다. 그러나 하나같이 화려한 생김새를 하고 있는 탓에 값비싼 물건이라고 오히려 습격을 받을까 우려가 되었다. 그래서 가장 무난하게 생긴 아이템으로 선물을 해준 것이었다.

마차가 출발하자 갑자기 후회가 되었다. 화려하든 말든 아이템으로 떡칠을 해서 무적에 가깝게 만드는 것이 옳은 선택은 아니었을까 싶었던 것이다.

물론 걱정 탓에 든 팔불출 같은 생각에 불과했다.

시우가 안절부절 못하고 다리를 떨자 세리카가 말을 걸었다.

"그 아이들은 괜찮을 거야. 그러니 진정해."

뜨거운 땡볕 아래 차가운 바람이 불어와 시우의 얼굴을 쓸어주었다.

한결 기분이 나아진 느낌이 들었다.

시우는 그 바람이 세리카가 불러온 바람의 정령임을 깨닫고 심호흡을 했다.

집을 떠나 더욱 강해지기로 한 것은 시우가 정한 일이었다.

'이제 와서 고민을 해본들.'

차라리 하루라도 더 빨리 강해져 세상 그 무엇으로부터도 루리와 로이를 지킬 수 있는 힘을 키우는 것이 시우가 할 수 있는 최선이리라.

"고마워."

시우가 냉정을 되찾고 감사인사를 하자 세리카가 바람에 흐트러진 은빛 머리칼을 얌전하게 옆으로 쓸어 넘겼다.

"그런데 체슈."

"응?"

"나한테는 아무 것도 없어?"

시우는 고개를 갸웃거렸다.

"뭐가?"

"아이들한테는 반지도 목걸이도 선물해줬으면서."

"아!"

시우는 감탄사를 내뱉었다.

그런 시우의 반응에 세리카도 기대하는 눈빛을 띠었다. 그러나 이내 시우의 손에 나타난 물건은 한 자루 검이었다.

은빛을 띈 레이피어로 제법 화려했지만 세리카에게 어울리고 또한 세리카라면 제 한 몸 건사할 능력은 된다고 판단하기에 꺼낸 물건이었다.

그러나 세리카의 표정은 실망으로 어두워졌다.

"레벨제한 150. 공격력 517. 순발력이 20 늘어나고 쿨타임 30분으로 마력소모 없이 질풍 칼날 스킬을 사용할 수 있는 레이피어. 어때? 좋지?"

시우는 신이 나서 아이템의 효능을 늘어놓았지만 세리카의 표정이 좋지 못했다.

"…목걸이가 탐나는 걸까나?"

시우가 기합의 목걸이를 꺼내들자 세리카의 표정이 조금은 밝아졌다.

"반지는?"

'반지까지?'

시우는 아이템 대방출 사태에 잠시 고민하면서 아이템 창을 이리저리 넘겼다.

그러다 이내 한 쌍의 아이템이 눈에 들어왔다.

가상현실게임은 시우의 부모님이 기획한 비밀 프로젝트 였다. 만들기는 접속기를 이용해 온 국민이 참여할 수 있게끔 만들어졌지만 접속기의 대량 생산에 문제가 생겨 시우 혼자서만 플레이하는 알파 테스트 게임이 되었다.

게임 속에서 시우는 부모님보다 운영자들과 더 자주 대화를 했고, 부모님에게 하지 못하는 이야기를 운영자 아저씨들과 나누는 경우도 있었다.

그리고 어느 날 내뱉은 실언에서 생긴 아이템이 이것이 었다.

커플반지

특수 효과- 사랑의 기적. 파란색과 빨간색이 한 쌍이 되어 연인끼리 나눠 끼고 서로의 반지에 입을 맞춰두면 단 한 번에 한해 조건 없이 연인의 곁으로 순간이동 할 수 있다. 특수 효과를 발동하면 반지는 사라진다.

설명- 이 반지에는 슬픈 전설이 있어. 평생 연애 한 번 해보지 못한 친구를 위해 운영자 아저씨가 만든 특수 반지. 가상현실게임이 오픈될 때까지 살아야 한다. 시우야.

　시우는 그것을 꺼내 한참을 바라만 보았다.

　괜히 마음이 싱숭생숭해지는 아이템이었다.

　시우는 그것을 세리카의 약지에 끼워주고 입을 맞췄다.

　"뭐, 뭐하는 거야?"

　세리카의 당황하는 모습에 시우는 무덤덤하게 대답했다.

　"반지 달라며? 지금 줄 수 있는 반지는 이것뿐이니까 그냥 받아둬."

　시우도 약지에 반지를 끼고 세리카에게 내밀었다.

　세리카는 잠시 당황한 눈치였지만 이내 뺨을 붉게 물들이면서 입술을 반지에 가져갔다.

　시우는 반지에 입을 맞추는 세리카의 모습에 가슴이 두근 뛰었지만 이내 고개를 돌려 떨쳐내었다. 그도 신체 건장한 남성인 이상 미인에게 마음이 흔들리는 것까지는 어떻게 할 수가 없었다.

　게다가 커플반지를 주고받는 상황이 아닌가.

　물론 세리카에게 연심을 품은 것이 아니라 아이템창에서 썩어날 아이템이라면 이렇게라도 이용을 하는 것이 좋을 것이란 판단이 들었기 때문이었다.

아무리 드래곤이 동면에 들었다 하더라도 하늘의 기둥 내부에 도사리는 위험에 대비할 수단은 하나라도 많은 것이 좋으니까.

혹시라도 함정 따위로 세리카와 분단이 되는 상황을 상상하면 정신이 다 아찔해졌다. 수호자들을 사냥하는 것도 바쁜 상황 속에서 낯선 사람에게 등을 맡기느니 차라리 혼자서 사냥을 하고 다니는 것이 나을지도 몰랐다.

그나마 시우가 타인들과 섞여서 사냥을 할 생각을 가질 수 있었던 것은 세리카라는 든든한 아군을 가졌기 때문이었다.

게다가 사실 이 반지는 상징성에서 추억의 물건이라는 가치 외에는 그렇게 뛰어난 아이템도 아니었다. 어차피 레벨만 열심히 올리면 지금은 잠겨 있는 마법 스킬도 차례차례 열릴 것이고 그중에는 순간이동 마법 스킬도 있었으니까.

하지만 지금은 아직 먼 이야기.

그냥 가지고만 있다가 죽을 쏠 바에야 그냥 사용해버리고 털어버리는 것이 나았다.

✛

8월 말일. 드래곤 사냥 의뢰의 회합 날짜.

회합장소로 선정된 모우로 동문 인근의 검술관에 이백을 넘어 삼백에 가까운 사람들이 모여 있었다.

그리고 그 가운데 검은 머리와 은빛 머리로 주위의 시선을 한 몸에 끌고 있는 남녀가 있었다.

베헬라의 마법사, 체슈.

은빛 폭풍, 세리카.

세리카는 그런 시선 따위는 추호도 신경 쓰지 않는다는 싸늘한 표정으로 오롯이 서있었다. 아마 세리카의 이 무서울 정도로 싸늘한 표정이야말로 긴장의 발로임을 아는 사람은 시우밖에 없겠지.

시우는 드래곤을 사냥하겠다는 의기로 넘치는 용사들의 기세를 느끼며 왼쪽 눈을 가렸다.

이 중에 드래곤 사냥 의뢰에 뽑힐 수 있는 것은 100명뿐.

일단은 경쟁자라 할 수 있는 주위 인물들의 능력부터 확인하는 것이 우선이었다.

워낙 사람들이 옹기종기 모여 있어 모든 사람들의 능력치를 확인할 수는 없었지만 대략적으로 이곳에 모인 사람들의 스펙은 이랬다.

익시더, 평균 70레벨. 최대 원력량 약 30.

마법사, 평균 20레벨. 최대 마력량 약 15,000.

사제, 평균 10레벨. 최대 성력량 약 10,000.

성기사, 평균 60레벨. 최대 원력량 약 10에, 최대 성력량 약 5,000.

이렇게 따지고 보니 시우의 스펙이 정말 보잘 것 없었다.

레벨도 50밖에 안되지, 마력도 열심히 모았다지만 그 기간이 짧아 3,681밖에 모이지 않았고, 그렇다고 원력을 각성했냐 하면 그것도 아니었다.

레벨은 하늘의 기둥을 오르며 올리면 되고, 마력도 급속도로 축적할 방법이 있으며, 원력도 이제 조금 조금만 더 정신력을 올리면 각성할 것 같았지만 지금 당장의 스펙만 놓고 보자면 시우는 못 낄 자리에 낀 자격 미달자라고 할 수 있었다.

애초에 목적부터가 달랐다. 저들은 드래곤을 잡기 위해 목숨을 걸고 이 자리에 모였지만 시우의 목적은 수호자를 사냥해 레벨을 올리는 것이었으니까.

그러나 시우는 동요하지 않았다. 주눅 들지도 않았다. 그저 침착하게 깊게 숨을 들이쉬고 내쉬기를 반복하며 리젠 상태를 유지했다.

시우가 찾은 마력 축적법이 이거였다.

굳이 잠들기 전이나 깬 직후에만 리젠을 쓸 것이 아니라 일상생활 도중에도 리젠을 유지하는 것.

이미 마차 위에서나 걸으면서도 리젠을 쓸 수 있게 된

시우에겐 이론적으로 가능한 일이었다. 문제라고 한다면 움직이면서 리젠을 사용하는 것이 엄청난 정신력을 필요로 한다는 것이었다.

그러나 그것도 해결된 문제였다.

3개월 전에 이미 명상을 통한 정신력 단련법을 개발한 시우는 이미 정신력 스텟이 45나 되었으니 불가능은 아니었다.

정신력 스텟 45는 결코 낮은 것이 아니었다. 단편적으로 비교하자면 정령 소환이 가능한 세리카의 정신력이 30대 중반 정도였으니까.

어찌 되었든 수면시간 6시간을 제외하고 깨어있는 18시간 동안 리젠을 유지할 수 있다면 이론적으로는 하루에 36포인트의 마력을 모을 수 있다는 계산이 나왔다.

즉, 1년 뒤에는 약 13,000마력을 추가로 모을 수 있다는 뜻.

물론 결렬한 전투 중에는 리젠을 유지하는 것이 무리였으니 오차는 제법 클 수 있지만 종국에는 전투 중에도 리젠을 사용할 수 있게 되는 것이 시우의 목적이었다.

리젠은 단지 마력만 쌓는 것이 아니라 생명력도 회복하니 그것만 가능하다면 시우의 생존력은 폭발적으로 상승할 것이 틀림없었다.

이러한 미래 희망적인 예측을 하지 않더라도 시우는 마

법사들에게 꿀린다는 생각은 전혀 하지 않았다.

시우에겐 저들에게 없는 것이 있었다.

그것은 바로 마력회복 포션.

그것이야말로 최고의 전투 보조 아이템.

시우보다 마력량이 11,000이상 많다고?

마력회복 포션 한 병의 마력 회복량이 1,000이였다.

전투 중에 마력이 부족하면 포션을 마시면 될 뿐이었다.

이것은 굳이 마법사에게만 해당하는 것은 아니었다. 익시더들의 레벨과 원력은 당연히 굉장했지만 시우에겐 리네가 있었다. 일반적인 무기로는 추종을 불허하는 공격력을 가진 리네와 헤이스트 마법으로 순발력을 강화하면 익시더 못지않은, 아니 익시더보다 위협적인 근접전투력도 발휘할 수 있었다.

시우는 익시더에게도 꿀린다고는 생각하지 않았다.

물론 이런 시우에게도 걱정이 아주 없는 것은 아니었다.

'포션도 음료인데 계속해서 마시면 물배가 차지 않을까나?'

조금은 어처구니없지만 한 번쯤은 고려해볼 만한 문제였다. 더블 터치로 아이템을 소모해도 입으로 마시지만 않을 뿐 꿀꺽꿀꺽! 하는 효과음과 함께 섭취를 한다는 설정이었으니 물배가 차서 더 이상 포션을 마시지 못하는 상황이 발생하면 참 골 때리는 일일 테니까.

언제나 느끼는 것이지만 이곳은 쓸데없는 곳에서 게임틱하고 또 쓸데없는 곳에서 현실적이라 그 중심을 융통성 있게 잡아야했다.

시우는 계속해서 주위 사람들을 타겟팅하며 자신과 저울질해보기 바빴다.

그때 세리카가 시우의 어깨를 두드렸다.

"왜?"

"의뢰주야."

세리카의 말에 시우는 세리카의 시선을 쫓았다.

2미터가 넘어가는 거구의 기사와 회색 머리카락을 정돈하게 늘어트린 마법사가 나타났다.

잔 데길 Lv.137

모우로 기사단 단장. 평민 출신의 용병이었으나 타고난 재능으로 모우로 기사단에 입단, 스스로의 실력을 입증하며 모우로 기사단의 단장이 되었다. 모우로의 영주 테이크그리드의 권한으로 준귀족에 해당하는 [조작위(雕爵位) = 노블 이글(Noble eagle)]에 올랐으며 잔이라는 성을 하사받았다. 드래곤 사냥 임무의 주도자.

상세정보……

돈 루카 Lv.35

모우로 마법사단 단장. 마법사 어머니와 마법사 아버지 사이에서 태어나 어려서부터 마법을 배워왔다. 재능도, 노력도 충분했던 루카는 어려움 없이 모우로 마법사단에 입단할 수 있었으며 40세가 되던 해 단장이 되었으며 그로부터 10년간 단장 자리를 지켜왔다. 모우로의 영주 테이크그리드의 권한으로 준귀족에 해당하는 조작위에 올랐으며 돈이라는 성을 하사받았다. 잔 데길의 보좌로 드래곤 사냥임무에 참가하게 된 사실에 불만이 많다.

상세정보…….

혹시 했지만 역시나 이 임무를 저들에게 명령했을 영주는 이 자리에 함께하지 않았다.

시우는 데길과 루카의 상세정보를 확인해보고 입을 다물지 못했다.

데길의 최대 원력량은 124, 루카의 최대 마력량은 57,551이었다.

데길은 세리카보다 원력량이 두 배나 많았고 루카는…….

'내 최대 마력량의 15배가 넘는다.'

신음이 절로 나왔다.

과연 이 정도는 되어야 반신이라 불리는 드래곤을 사냥

할 수 있겠지.

예상은 했던 일이지만 그 압도적인 수치에 기가 죽는 것은 어쩔 수 없는 일이었다.

그러나 저 수치가 절대적인 무위를 뜻하는 것은 아니었다.

어디까지나 저것은 이만큼의 연료를 가지고 있다는 것을 나타내는 수치였다. 위력과 직접적인 연관이 있는 출력과는 상관이 없었지만 여러모로 큰 차이가 있다는 것만큼은 인정하지 않을 수 없었다.

어쩔 수 없는 일이었다.

원력도 그렇지만 특히 마력과 같은 경우는 오랜 시간을 들여 쌓아온 사람이 더 많은 마력을 갖는 것이 당연하니까.

이 자리에 모인 마법사들은 최소한 20년의 마법 수련을 거쳤고 루카와 같은 경우는 10세에 마력을 느끼고 40년 동안 마력을 모아왔으니까.

그런데 왜일까?

어쩔 수 없는 현실이라는 벽에 부딪히고도 등골을 타고 흐르는 이 희열은?

'나도 가능해.'

언제가 될지는 모른다. 하지만 그렇게 긴 시간은 아닐 것이다.

저 벽은 넘을 수 있다.

뇌리를 스치는 그 생각에 시우는 가슴을 뒤흔드는 흥분을 감출 수가 없었다.

검술관에 미리 준비된 단상 위로 올라 이 자리에 모인 지원자들을 가만히 훑어보던 기사단장 데길은 이내 그들이 조용해지자 입을 열었다.

"사제와 성기사 48명은 전원 합격. 합격자는 이쪽으로 이동하도록."

데길의 선언에 사제와 성기사들이 당연하다는 태도로 데길이 가리키는 공터로 걸음을 옮겼다.

사태를 이해하지 못하고 가만히 지켜보던 지원자들이 웅성거리기 시작했다.

이번 임무의 모집 인원은 전부 100명. 그 100개의 자리 중에서 반이 뚝 잘려나갔다.

심지어 경쟁자의 수는 고작 48명이 줄었을 뿐이다.

그것이 의미하는 것은 경쟁률의 상승이다.

정확한 수치로 경쟁률을 계산하고 있는 것은 시우뿐이었지만 이 임무에 참가하기를 희망하는 자들도 그것을 모르진 않았다.

"부당하다!"

누군가 외친 한 마디에 많은 지원자들이 긍정하며 소란을 일으켰다.

그들이 느끼는 감정은 이해하지 못할 바는 아니나 이는 어쩔 수 없는 일이기도 했다.

성력은 신을 믿는다고 모두 주어지는 능력도, 갖고 싶다고 가질 수 있는 능력도 아니었다. 그야말로 운이 따라주지 않으면 가질 수 없는 능력이었고, 그렇기에 희귀한 능력이었다.

성력은 마력의 돌연변질.

성력도 마력의 네 가지 속성인 인력, 척력, 빛, 소리의 성질을 띠고 있지만 마력보다 효율이 나빴다. 그 대신 마력에는 없는 특별한 속성을 3가지 더 가지고 있었다.

그것이 바로 강화, 치유, 고통. 이 세 가지였다.

특히 성력의 성질 중에서 가장 중요한 것은 바로 치유의 속성이었다.

이번 임무를 위해서 모우로의 영주가 지원한 포션은 그야말로 엄청난 양이었지만 그것으로도 탑 정상에 오르기에는 부족한 양이었다.

회복을 기다리겠다고 이동을 멈추면 적들은 끊임없이 수복되니 치유의 능력을 가진 사제와 성기사가 최우선적으로 모집되는 것은 어쩔 수 없는 일이었다.

하늘의 기둥에 대해서 연구하는 과정에서 그 사실을 이미 알고 있는 시우는 납득이 가능했지만 사제와 성기사를 제외한 나머지 지원자는 대부분이 용병이었다.

아무리 운영 측면에서 필요한 일이라지만 오로지 싸우는 것밖에는 모르는 그들이 그것을 쉽게 납득하기는 어려운 일이었다.

소란이 커져 바로 옆에서 뭐라고 떠드는지도 알아듣기 힘들 지경이 되자 데길의 뒤에 서있던 루카가 나서며 지팡이로 바닥을 쿵 찍었다.

그러자 지팡이로부터 마력의 파문이 일어나며 반경 300미터 이내의 모든 소리가 사라졌다.

'이건.'

시우는 식은땀을 흘렸다.

특별한 마법은 아니었다. 단지 막대한 양의 마력을 퍼트리고 그것을 소리의 성질로 전환해 그 영역 내부에 있는 모든 소리를 차단했을 뿐이었다.

목소리를 잃은 성난 지원자들은 금방 제정신을 차렸다.

분명 특별한 마법은 아니었다.

단지 소란을 진정시키기 위해 사용한 소리 차단 마법.

그러나 분명한 것은 지금 이 자리에 모인 지원자들은 모두 루카의 영역 안에 들어가 있다는 것이었다.

만약 그 영역 안에 발동된 마법이 소리 차단이 아니었다면?

상상만 해도 끔찍한 일이었다.

비단 그렇게 느끼는 것은 시우뿐이 아닐 것이다.

마력을 느낄 줄 아는 마법사들은 물론 익시더들도 그 사실을 깨닫고 입을 다물었다.

이 자리에 약자는 그들이다.

힘의 원리에 따라 살아온 용병들로서는 더 이상 루카에게 저항할 생각이 남아있지 않았다.

상황이 일단락 지어지자 루카가 마력을 거뒀다.

그리고 이번에는 마력으로 목소리를 증폭해 입을 열었다.

"무례하다. 감히 누구의 앞이라고 목소리를 높이는가. 우리는 모우로의 영주님이신 테이크 그리드 경에게 직접 조작위를 하사받은 준귀족의 몸. 만약 더 떠들고 싶은 녀석이 있다면 그것을 권위에 대한 도전으로 받아들이고 친히 그 목을 치도록 하겠다."

소리 차단 마법은 분명 끝났는데 작은 소리마저 들리지 않았다.

루카는 그것이 흡족한 듯 다시 데길의 뒤로 가서 섰다.

데길은 그런 루카의 모습에 고개를 꾸벅 숙이며 감사의 표시를 했지만 루카는 고개를 돌려 못 본 척을 할 뿐이었다.

루카는 이 상황이 정말 마음에 들지 않았다. 데길이 이 임무의 주도자라는 사실도, 그가 단상 위에 서서 이야기를 진행하는 사실도, 그의 뒤치다꺼리를 해야 하는 본인의 위치도 모두 마음에 들지 않았다.

루카는 데길보다 먼저 준귀족이 되었다.

보통 귀족 작위라는 것이 임명된 기간 따위는 상관이 없는 것이 정석이나 세상 일이 그렇게 간단할 수는 없었다.

아무리 같은 높이의 작위라도 선임이 있고 후임이 있는 법이다.

당연히 데길보다 먼저 조작위에 임명된 루카가 그보다 대우를 받아 마땅하거늘 모우로의 영주는 루카보다 데길을 신임하고 이번 드래곤 사냥 임무의 주도를 맡겨버렸다.

그 후 한다는 소리가 루카는 경험이 많으니 데길의 뒤에서 보좌를 맡도록 하라는 명이었다.

보좌. 보좌라니.

엄연히 데길을 루카의 상관으로 보고 하는 소리였다.

당연히 속에선 열불이 솟을 수밖에 없었다. 그럼에도 불구하고 참을 수밖에 없는 현실에 또 화가 났다.

"남은 지원자는 두 갈래로 나뉜다. 마법사는 루카 경에게, 그리고 익시더는 나 데길에게 평가를 받아 상위 성적자 52명을 가려낼 것이다."

데길의 말에 시우는 세리카를 돌아보았다.

"일단 잠시 떨어져야겠네."

"음."

세리카는 과묵했다.

"너무 긴장하지는 말고, 서로 꼭 임무를 받아내자."

시우는 세리카를 응원했지만 사실 시우는 세리카가 합격할 것이라는 사실에 추호의 의심도 없었다.

데길에 비하면 세리카의 원력량은 꽹장히 부족했지만 그것 다른 지원자들도 마찬가지. 아마 가장 중요한 것은 원력량이 아닌 출력과 얼마나 원력을 능숙하게 다루는 지가 될 것으로 추측이 가능했다.

그 방면에 있어서 알테인인 세리카의 출력과 통제력을 따라올 익시더는 없다고 봐도 무방할 것이다.

문제는 시우였다.

일단 시우도 출력과 통제력에는 자신이 있었다. 원래부터 마력을 느끼고 다루는 기술은 천부적이었는데 정신수양을 시작하고 정신력이 늘어나게 된 이후로는 그야말로 타의 추종을 불허할 능력을 가지게 되었다.

그러나 단점이 너무 컸다.

시우에게는 마력회복 포션이 있다지만 그것은 공공연하게 알릴 수 없는 비밀이었다. 시우가 알기로 이 세계에는 마력을 회복하는 물약 자체가 존재하지 않았다. 그러니 마법사들 모두가 저토록 혈안이 되어 최대 마력을 쌓아온 것이겠지.

그런 시점에서 시우에게 마력을 회복하는 물약이 있다는 사실이 밝혀지면 굉장히 큰 문제가 될 수 있었다. 따라서 이 사실은 숨길 수밖에 없었다.

그런 시점에서 아무리 시우가 출력 통제력 모두 뛰어나다 하더라도 최대 마력이 부족한 탓에 어떤 평가를 받게 될지는 알 수가 없었던 것이다.

시험은 지원자들이 갈라서서 줄을 서자 바로 시작되었다.

익시더들의 시험은 원력을 담은 검으로 단 일격을 휘두르는 것이다. 그 일격에 스스로의 실력을 전부 보여 보라는 의미. 통제력보다는 출력, 즉 일격에 담을 수 있는 원력량을 보는 시험이었다.

빠르고 간단한 시험이었지만 익시더들은 그만큼 부담을 느꼈다. 단 일격으로 드래곤 사냥 임무에 참불참이 정해져 버리니 그럴 수밖에.

그러나 그것을 애처롭다는 표정으로 바라보던 마법사들의 시험도 크게 다르지 않았다.

단 한 번의 마법으로 스스로의 실력을 증명할 것. 마법은 반드시 드라고니스가 사용되어야 한다는 조건이 달렸지만 이 자리에 모인 마법사 중 드라고니스를 모르는 마법사는 없었다.

마법사들의 시험은 필연적으로 익시더들의 시험보다 느

려질 수밖에 없었다.

자신이 쓸 수 있는 최대 위력의 마법을 선보이기 위해 그들의 체내에 쌓인 모든 마력을 사용하려고 노력하다보니 주문이 길어질 수밖에 없었던 것이다.

출력이 낮은 자들은 마력을 끌어올리는 것에, 통제력이 낮은 자들은 드라고니스로 주문을 완성시키는 작업에 시간을 소모했다.

루카는 그런 마법사들의 모습에 속으로 쯔쯧 혀를 찼다.

시험의 형태가 이러한 바 그들의 마음을 모르지는 않았지만 마법이 발현되기까지 쓸데없이 시간이 오래 걸려 평가의 기준조차 되지 못했다.

스스로의 출력과 통제력을 정확히 파악하고 실전에 사용할 수 있는 시간 범위 내에서 얼마나 위력 있는 마법을 사용할 수 있는가. 그것이 이번 시험의 평가 기준이었는데 다들 스스로의 최대 마력량을 자랑하기 바빠 내 출력이 통제력이 이것밖에 안 돼요 하고 자진신고 하는 꼴이었기 때문이었다.

그렇기 때문에 루카는 시우의 마법 시연을 보고 잠시 고민할 수밖에 없었다. 최대 마력량은 부족했지만 출력과 통제력이 제법 인상적이었던 것이다.

루카는 시우에게 보류 평가를 내렸지만 시험이 모두 끝

나고 확인한 지원자 목록은 자격미달 표시로 가득했다. 당연히 보류 표시된 마법사들의 평가가 합격으로 바뀌었고 거기에는 시우도 포함되어 있었다.

운이 좋았다.

잠시 후 시험에 떨어진 지원자들이 어렵게 발걸음을 돌리고 마차가 검술관으로 들어왔다.

바로 출발하려고 검술관 바깥에서 기다리고 있던 모양이었다.

그러나 시우는 곧 이상한 점을 발견할 수 있었다.

식량과 식수가 보이지 않았다. 준비된 10대의 마차 중하나에 상자가 잔뜩 실려 있기는 했는데 100명이 먹고 생활할 수 있을 정도는 되지 않았다.

물론 시우는 따로 식재료와 생필품들을 아이템창에 마련했다. 만약 드래곤 사냥 임무에 참가하지 못하면 혼자서라도 탑을 오를 생각이었으니까.

시우는 이내 짐마차 하나에 잔뜩 실린 상자로부터 마력이 감도는 것을 감지할 수 있었다.

이상한 일은 아니었다. 마법사 길드에서 판매하는 상자에 담은 무게를 줄여주는 마법도구, 경량화 상자도 미미한 마력이 항상 감돌고 있으니까.

시우도 경량화 상자는 직접 보고 확인해 보았지만 그것과 이 상자에는 약간의 차이점이 있는 것 같았다.

"공간압축상자인가?"

공간압축상자.

겉으로 보이는 것보다 넓은 공간을 만들어내는, 시우의 아이템창과 비슷한 기능을 하는 마법도구였다.

시우는 그것이 어떤 원리로 작동하는 것인지 호기심이 생겼지만 지금 중요한 것은 그런 것이 아니었다. 사실 아이템창이 있는 시우에게는 굉장히 쓸모없는 마법도구이기도 했다.

용병출신의 마법사와 익시더들이 서둘러 통성명을 시작하고 있었다.

지금부터 도전할 과제는 반신으로 평가받는 드래곤을 죽이는 것. 일분일초라도 동료를 이해하고 생존률을 높이기 위해 노력하는 것은 용병들의 중요한 관례였다.

그러나 용병들은 사제와 성기사에게 다가가진 않았다. 성직자와 용병들 사이에 애매한 분위기가 흐르고 있었다.

성직자들이 먼저 통성명도 없이 마차에 몸을 싣고 통성명을 끝낸 용병들이 그 뒤를 이어 마차에 올라탔다.

마차가 움직이기 시작했다.

✤

수아제트는 290살의 드래곤이다.

인간들 중에는 드래곤을 사냥하는 건 꿈도 못 꾸면서 콩고물이 떨어지길 바라며 겁도 없이 하늘의 기둥에 다가가는 자도 있었다.

드래곤이 동면에 들기 전에 벗어던진 허물에서 한 장의 드래곤 스케일이라도 건져보려고 목숨을 거는 자들.

지금부터 정확히 백 년 전, 수아제트의 나이는 그렇게 확인이 되었다. 하늘의 기둥 주변에 떨어진 허물에서 두 줄의 연륜을 가진 비늘이 발견되었던 것이다.

시우가 역사서를 통해 그것을 알게 되고 처음 느낀 인상은 '어리다' 였다.

시우가 아직 가상현실게임을 플레이하지 않았던 때, 판타지 소설에서 등장하는 드래곤들은 기본이 천 년, 조금 더 살았으면 만 년을 산 드래곤들이 허다했기 때문에 느낀 괴리감일 것이다.

하지만 사실 드래곤의 나이 290살이면 그렇게 어린 나이는 아니었다. 아무리 수명이 존재하지 않는다지만 드래곤의 비늘, 뼈를 비롯해 드래곤의 사체에서 나오는 이득은 상상을 초월했고 탐욕스런 인간들이 그것을 두고만 보지는 않았으니까.

특히나 드래곤 하트와 같은 경우는 전략병기 취급을 받고 있으니 몇몇 국가에선 드래곤 사냥에 국가 차원의 지원을 하는 경우도 있었다.

오히려 인간들이 총력을 기울여 사냥을 진행하는데도 아직까지 멸절되지 않은 것이 대단하다 할 수 있겠지.

물론 인간의 침입을 불허하는 어딘가에는 천년만년 살아온 드래곤이 있을지도 모를 일이었지만 적어도 인간의 역사서 중에 등장하는 가장 나이 많은 드래곤은 1,200년을 살아왔다고 기록되어 있었다.

하늘의 기둥의 공략 난이도는 이러한 드래곤들의 나이와 대체적으로 비례했다.

즉 이제 3번째 동면에 들어가는 수아제트의 탑은 난이도 3단계의 비교적 공략이 쉬운 탑이라는 이야기였다.

시우는 리네를 휘둘러 적을 한 마리 쓰러트리고 한숨을 쉬었다.

뼈다귀들, 사방에서 뼈다귀들이 밀려오고 있었다.

코리의 시체로 만들어진 듯 1미터 내외의 해골들, 2미터 크기의 쟈탄, 3미터 크기의 카스탄, 5미터 크기의 큰 발톱으로 만들어진 해골들과 별별 해괴한 형태의 몬스터들.

그 해골들이 끝없이 밀려왔다.

언데드?

죽은 자의 영혼을 시체에 불러와 되살린 몬스터는 아니었다. 단지 시체에 마법을 부려 누군가가 조종하고 있을 뿐이었다. 그것을 증명하듯 그들의 움직임에는 어떠한 감정도 무언가를 하려는 의지도 없었다. 단지 도구처럼 누군가의 명령을 따라 끝없이 밀려올 뿐.

그렇기 때문에 성력도 통하지 않았다. 만약 그것들이 죽음을 거부하고 되살아난 부정한 존재였다면 성력으로 그 영혼을 신께 회귀시키는 것도 어렵지 않은 문제였을 것이다.

그러나 이들은 생긴 것만 이럴 뿐 언데드가 아니었다.

끝이 없다.

큰발톱이의 시체로 만들어진 해골 인형을 딛고 뛰어올라 주변을 둘러보았지만 보이는 것이라곤 끝없이 펼쳐진 해골의 바다였다.

데길이 나섰다.

210센티미터에 이르는 거구에 어울리는 굉장한 크기의 양손검을 횡으로 크게 베었다.

그 양손검을 통해 데길의 원력이 폭풍이 되어 해골들을 쓸었다. 그러자 반경 50미터 이내의 해골들이 바닥을 뒹굴고 박살이 났다.

그러나 별 효과는 없었다. 박살이 났으면 난대로 분해된 뼈다귀들이 온전한 뼈다귀들과 다시 합쳐져 공격을 해왔고 그것이 아니더라도 밀려오는 해골들의 수에는 끝이 없었다.

'290년 동안 몬스터만 모았나.'

시우는 벌써 3시간이나 싸우고도 바뀌지 않는 전황에 질색을 느끼고 있었다.

차라리 경험치라도 많이 줬으면 신이 나서 해골들을 쳐부수고 다녔을 것이다. 그러나 이 해골들을 처치해 얻는 경험치로 레벨을 올리려면 몇날며칠을 쉬지 않고 쳐부숴야 할 것이다.

루카가 다시 주문을 마치고 해골들을 쓸어버렸다. 마법이 떨어진 반경 100미터 이내의 해골들이 활활 불타오르고 조각조각 났지만 데길이 그랬던 것처럼 그다지 효과는 없었다.

"쳇!"

혀를 차는 루카의 모습에 시우는 고개를 저었다.

이들은 아무 생각이 없었다. 해골이 밀려오니까 부순다. 처치한다. 그렇게 부수면 언젠가는 끝이 보이겠지.

아마 그 따위 생각을 하고 있으리라고 시우는 추측이 가능했다.

하지만 시우는 이미 알고 있었다. 부서진 뼈다귀가 눈에 띄지 않도록 바닥으로 흡수되고 있었다. 아마 그렇게 흡수된 뼈다귀는 어딘가로 이동해 술자에 의해 수복되며 다시 해골이 되어 습격해 올 것이다.

시우는 큼지막한 바위를 찾아 올라가 왼쪽 눈을 가렸다.

해골을 만드는 술자를 찾아야 했다. 그를 처치하지 않는 이상 이 해골의 파도는 끊이지 않고 몰아쳐올 것이 분명했다.

코리 해골 Lv.3

쟈탄 해골 Lv.12

카스탄 해골 Lv.21

큰발톱이 해골 Lv.33

빠르게 타겟팅이 바뀌는 사이 낯선 문구가 시우의 시야를 스쳤다.

시체술사 데메트 Lv.42

드래곤 수아제트가 첫 동면에 들어가기 직전에 만든 최초의 수호자. 시체를 마법으로 일으켜 마음대로 조종이 가능하며 파괴되어도 수아제트의 탑 내부라면 자동수복이 가능하다.

머리가 늑대의 해골로 이루어진 녀석이었다. 덩치는 코리정도에 불과해서 눈에 잘 띄지도 않고 시체를 조종하는 본인의 몸조차 해골로 이루어져 있어 만약 해골들과 섞여 있었다면 시우의 타겟팅으로도 구별해 내는 것은 어려운 일이었을 것이다.

그러나 녀석은 자신의 정체가 들킬 거라곤 생각하지

않았는지, 아니면 그냥 생각이 없는 것인지 보란 듯이 바위 위에 서서 해골로 만들어진 지팡이를 휘두르고 있었다.

시우는 드래곤 페더 보우를 꺼내 녀석을 저격했다.

거리는 약 1킬로미터.

그러나 바람은 없다. 장해물도 없다.

시우는 호흡을 정리하며 화살을 쏘았다.

쒜에엑! 퍽석!

시체술사 데메트는 스스로가 어떻게 죽는 지도 모르고 머리가 박살나고 말았다.

후두두둑!

갑자기 해골들이 일시에 쓰러지기 시작했다. 뼈다귀가 뿔뿔이 흩어지며 무너져 내리는 모습은 제법 볼만한 광경이었다.

따단!

[업적 달성! 최시우님이 날카로운 눈썰미로 수아제트의 탑 1층 보스 몬스터를 쓰러트렸습니다.]

[칭호 = 탑 도전자가 주어집니다.]

[획득 경험치가 가산됩니다.]

띠링!

[레벨이 1 상승하셨습니다.]

[레벨업 효과로 생명력과 마력, 원력이 회복됩니다.]

[스탯 포인트가 2개 자동분배 됩니다. 남은 스탯 포인트가 3개 상승합니다.]

[모든 상태이상 효과가 회복됩니다.]

해골들을 향해 의미 없이 무기를 휘두르던 드래곤 사냥꾼들은 영문도 모르고 사방을 경계했다. 그러나 시간이 흘러도 쓰러진 해골들이 다시 일어날 조짐은 보이지 않았다.

"경계를 늦추지 않으며 앞으로 전진한다. 가능하면 이대로 상층으로 올라간다."

데길의 명령에 사냥꾼들이 조심스럽게 걸음을 옮기기 시작했다.

이곳은 하늘의 기둥 최하층.

이런 곳에서 머뭇거릴 여유가 시우에겐 없었다.

〈3권에서 계속〉